쓰쿠모 서점 지하에는
비밀의 바가 있다

九十九書店の地下には秘密のバーがある

쓰쿠모 서점 지하에는
비밀의 바가 있다

오카자키 다쿠마 장편소설 | 김진환 옮김

arte

차례

1ST TASK

『고백』

1

얼굴 없는 사람에게 쫓기는 꿈을 꿨다.

5월 말치고는 시원한 날씨임에도 눈을 뜨자 땀이 흥건했다. 머리맡의 스마트폰에 손을 뻗어 시간을 확인해보니 오전 10시였다. 4시가 넘어 잠든 탓에 푹 잤다는 느낌은 없었다.

아침 일찍부터 메시지가 하나 도착해 있었다. 소꿉친구인 데라모토 하루미가 보낸 것이다.

'괜찮아! 다스쿠는 똑똑하니까 다 잘될 거야!'

금요일이었던 어제는 퇴근하고 온 하루미와 만나서 같

이 식사를 했다. 토요일에는 늦잠을 자도 될 법하건만 일찍 일어났나 보다. 반면 나는 요 세 달 동안 요일과는 무관한 생활을 하고 있었다.

침대에서 빠져나와 세수를 한 뒤 거실로 나왔다. 주말의 이런 순간마다 마음이 무겁다.

거실에서는 어머니가 청소기를 돌리고 계셨다. 내 얼굴을 보자 스위치를 끄고 한마디 하신다.

"일어났니."

어머니는 사반세기에 이르는 내 인생을 대부분 함께 보낸 유일한 가족이다. '일어났니'라는 네 글자에 담긴 배려마저 손에 잡힐 듯 느껴졌다.

"새벽까지 책을 읽느라. 생활 리듬이 깨져서 큰일이야."

나는 냉장고 안의 남은 음식을 전자레인지에 넣으며 말했다. 잔소리를 하신 것도 아닌데 내가 먼저 변명을 늘어놓고 있었다. 책을 읽었다는 건 사실이지만 그래서 잠들지 못했다는 건 거짓말이다. 잠이 오지 않았기에 별 수 없이 책을 읽은 것이다.

"하루미는 잘 지내든?"

"여전하지. 지난달에도 봤는데 뭐."

"그랬구나. 엄마는 오후에 나갈 건데, 넌 어떡할래?"

"서점이나 가려고. 읽던 책도 다 봤고 자격증 관련된 책도 찾아보고 싶어서."

어머니의 배려가 자식에게 전해지는 것처럼 자식의 허세도 어머니에겐 뻔히 보일 것이다. 어머니는 무슨 자격증이냐고 되묻는 대신 청소기 스위치를 다시 켰다. 먼지를 빨아들이는 경쾌한 소리를 듣고 있자니 내 나약함이나 허세도 바닥에 털어놓고 청소기로 밀어버리고 싶다는 시답잖은 생각이 들었다.

2

성실하게 살아왔다. 적어도 난 그렇게 노력해왔다.

어렸을 때부터 아버지가 안 계셨던 나는 홀어머니 밑에서 자랐다. 어머니는 주 5일 일하시면서도 부모 역할에 소홀함이 없었다. 친구들이 부모님이나 가정에 대한 불만을 이야기할 때마다 우리 어머니는 참 훌륭하다고 생각하곤 했다.

나는 어렸을 때부터 그런 어머니께 걱정을 끼치면 안 된다는 생각을 갖고 있었다. 말 잘 듣는 아이를 연기하면서 남들에게 친절하게 대했고 공부도 열심히 했다. 명문 고등학교에 들어가서 지방 최고의 국립대에 합격했고 졸업 후에는 정부와 민간이 공동으로 운영하는 금융 기관에 취업했다. 도산할 우려가 거의 없는 기업에서 평생 일할 수 있게 됐으니 화려하진 않아도 안정된 생활을 하며 남들 같은 행복을 누리게 될 거라고, 분명 그런 인생을 살아갈 거라 생각했다.

……그러나, 나는 무능한 인간이었다.

나는 일단 누군가가 지시하지 않으면 아무것도 할 수 없었다. 또한 일을 시켜도 정확한 의도를 파악하지 못해 엉뚱한 행동을 하곤 했다. "알아서 판단해"라는 말에 조마조마해하며 처리한 일은 반드시 좋지 않은 결과를 맞았다. "상식적으로 생각해보면 모르겠냐"라며 혼날 때도 그 상식이 무엇인지 알 수 없었다.

학창 시절에 하던 공부가 얼마나 편했는지를 절실히 깨닫는 순간이었다. 공부에서는 개인적으로 판단할 필요가 없었고 열심히 외우고 익히며 모범 답안에 접근해나가면 그만이었다. 시험 문제를 틀린 것 때문에 다른 사람에게 피해가 가지도 않았고 높은 점수를 받으면 사람들의 칭찬과 부러움을 받았다. 하지만 일은 다르다. 한 번도 배워본

적 없는 문제와 맞닥뜨리는 게 일상이었고 모범 답안 자체가 없는 경우도 많았다. 업무를 잘 처리한다고 칭찬받는 경우는 거의 없는 반면에 단 한 번의 실수로도 많은 사람들에게 피해를 주었다.

돌이킬 수 없는 실수를 얼마나 많이 저질렀는지 모른다. 나는 취직 전만 해도 중요한 서류를 세단기에 갈아버리는 건 드라마나 영화 속에서만 벌어지는 일인 줄 알고 있었다. 고객의 문의에 내 착각으로 잘못된 답변을 한 것이 큰 문제로 번진 적도 있었다. 나는 어느새 소속 지점은 물론이고 회사 전체에서 나쁜 의미의 '명물 신입'으로 통했다. 웃음거리가 될 때도 있었지만 경멸과 조소, 나아가서는 직접적인 비난의 대상이 될 때도 있었다.

그럼에도 나는 버텼다. 맡은 일이 어려워서 실수한 것이 아니었던 만큼 다른 곳으로 옮긴다고 해서 상황이 나아질 것 같지 않아서였다. 그렇게 억지로 견뎌내다 보니 사고방식도 점점 이상해져갔다. 금융 회사였기에 수지가 어떻고 적자니 마이너스니 하는 단어가 항상 머릿속을 맴돌았다. 나는 일과를 마치고 직원 기숙사로 돌아오는 길에 항상 생각했다. 아아, 오늘 수지도 마이너스였네. 오늘도 실수를 했네. 오늘도 혼났네. 하나도 즐겁지 않았다. 꿈도 희망도 없었다. 매일같이 부채만 쌓여갔다. 오늘도 내일도 모레도 마이너스일 것이다. 매일, 매일, 매일……

　단지 살아가는 것만으로 부채가 늘어나고 있었다.

　살아갈수록 점점 늘어날 것이다.

　어떻게 갚아야 할지 모를 부채가 점점 불어난다. 내가 살아 있는 한 계속해서 패배자가 될 뿐이다.

　이런 인생은 하루라도 빨리 끝내야만 했다.

　……끝내야만 했다.

　난 결국 회사를 관두기로 했다. 2년도 채우지 못한 직장 생활이었다.

　내 취업을 기뻐하며 응원해주신 어머니께 면목이 없었다. 도리를 따지자면 직접 뵙거나 하다못해 전화로라도 퇴직 사실을 알려야 했지만 그럴 기력조차 남아 있지 않았다. 그래서 문자를 보냈다.

　'회사를 관뒀어. 열심히 노력했는데, 잘 안 되더라고. 집으로 돌아가고 싶어. 미안해, 엄마.'

　그러자 어머니는 다음과 같은 답장을 보내셨다.

　'수고 많았다. 다시 함께 살게 될 날을 기대하고 있을게.'

　나는 평생 어머니 앞에서 큰 소리는 못 낼 것 같다.

3

나는 2시쯤에 어머니가 외출하시기를 기다렸다가 집에
서 나왔다.

하늘은 짜증 날 정도로 맑았다. 문득 '사쓰키바레(五月
晴)'라는 단어가 떠올랐다. 원래 뜻은 음력 5월의 장마철
중에 반짝 맑은 날을 가리키는 말이라고 했던가(일반적으
로는 양력 5월의 맑은 날씨를 가리키는 말로 쓰인다 – 옮긴이).

나는 집에서 도보로 10분 정도 걸리는 역을 향해 걸어가
는 중이었다. 역 앞 로터리에서 골목길로 접어든 곳에 작
은 서점이 있었다. 이미 가겠다고 선언한 이상 실행에 옮
기지 않으면 마음이 찜찜할 것 같았다. 물론 자격증 운운
한 것은 단순한 핑계였고 사실 따고 싶은 자격증 따위 없
었다.

어제저녁에 나눈 대화가 갑자기 떠올랐다.

"아직도 헤어나지 못한 거야? 입사 2년차에 이직은 흔하
다니까."

닭고기와 대파로 이루어진 꼬치를 호쾌하게 우적거리는
하루미의 명랑한 목소리가 귓가에서 재생되었다.

우리는 정겨운 고향 구스다의 교통 요지인 구스다 역 앞

의 꼬치구이 집에 있었다. 생맥주 한 잔에 300엔이라는 양심적인 가격으로 운영하는 가게였다. 하루미가 나를 불러낼 때마다 눈치껏 싼 가게를 고른다는 것은 이미 알고 있었다. 퇴직 이후에 처음 만났을 때는 '백수된 기념'이라고 익살을 부리며 전부 계산해주기까지 했다.

어린 시절부터 밝고 굳센 성격으로 이웃 친구인 나를 부하처럼 거느리던 하루미는 지금 현청 직원으로 바쁜 나날을 보내고 있다. 약간 소원해진 시기도 있었지만 내가 회사를 관두고 고향으로 돌아온 뒤로는 한 번씩 술친구로 불러내곤 했다. 구스다는 시내 제일 번화가와 그리 멀지 않은 전형적인 베드타운이었다. 동네에 놀 사람이 없어서 심심했는데 마침 다스쿠가 돌아와서 잘됐어. 하루미는 그런 말을 하며 웃었다.

"전에 다니던 회사가 다스쿠에게 맞지 않았던 것뿐이래도. 다음 직장을 찾으면 되지."

"뭐, 그럴 수밖에 없긴 한데."

나는 겸연쩍어하며 꼬치에 꿰인 돼지고기를 하나씩 입에 넣었다.

하루미와의 관계는 근본적으로 어린 시절과 다를 게 없었기 때문에 내가 재취업에서 손을 놓고 있다는 사실도 바

로 실토할 수밖에 없었다. 다만 일을 관둔 원인에 관해서
는 명확히 밝히지 않았다. 아무리 소꿉친구라지만, 여자
앞에서는 최후의 자존심이 비참한 감정마저 덮어버리는
탓이다. 그래서 잘 안 됐다는 말로 대충 얼버무렸다.

"나한테 맞는 일이 뭔지 전혀 모르겠거든."

"글쎄…… 일단 좋아하는 걸 직업으로 발전시키는 체질
은 아닌 것 같고."

크리에이터나 퍼포머 같은 직업을 말하는 것이리라. 확
실히 내 적성에는 맞지 않을 것 같다.

"다스쿠의 장점을 살릴 만한 일이 뭐가 있을까?"

"애초에 내 장점이 뭔데?"

"그야, 내가 술 마시고 싶을 때마다 항상 한가한 거지."

하루미는 깔깔거리며 웃었다. 아무래도 좀 취한 듯하다.

"방금 건 농담이고, 역시 머리가 똑똑한 게 장점 아닐까?
대학도 좋은 데 나왔잖아."

"똑똑하다기보다 공부가 힘들지 않았던 것뿐이야."

"아, 그러면 자격증 공부를 해보는 건 어때? 그거야말로
다스쿠한테 잘 맞을 것 같은데."

하루미가 손가락으로 내 얼굴을 가리키며 말하자 그때
는 그럴 듯하다고 생각했다. 하지만 생각만 했을 뿐 구체

적인 계획 같은 걸 떠올린 것은 아니었다.

자격증에 대해 고민하는 사이 어느새 구스다 역 앞의 로터리에 접어들고 있었다. 일단 여기까지 오는 동안 아는 사람과 마주치지 않은 게 다행이었다.

구스다 역은 이용객이 그렇게 많은 편은 아니지만 주변에 음식점 외에도 편의점이나 미용실, 은행 등이 전부 갖춰져 있어서 지역 주민들에게는 교통 요지일 뿐만 아니라 생활 거점이기도 했다. 역 주변이 재개발된다는 소문도 들려오지만 실현될 기미는 보이지 않았고 아직도 어린 시절과 크게 다르지 않은 풍경이 펼쳐져 있었다.

로터리에서 이어지는 좁은 길로 들어서자마자 역 주변의 떠들썩함에서 벗어난 느낌이 들었다. 서점은 그런 길을 수십 미터 정도 나아간 곳의 작고 낡은 건물 1층에 자리했다. 가게 이름은 '쓰쿠모(九十九) 서점'이었고 체인점이 아닌 개인이 운영하는 곳 같았다. 어린 시절에는 괜스레 삭막해 보여서 들어가지 못했는데, 그 인상이 강하게 남은 탓인지 고향에 돌아온 뒤로도 몇 달 동안 방문하지 않았던 곳이었다.

나는 그런 쓰쿠모 서점 앞에 멈춰 섰다. 유리문 양옆에는 잡지꽂이가 놓여 있었다. 좁은 가게 면적을 보완하기 위한 것일까? 햇볕에 색이 바래지 않을까 걱정이지만 북향이라 직사광선이 닿진 않는 것 같다.

나는 좋은 책과 만날 수 있기를 바라며 유리문을 밀고 쓰쿠모 서점 안으로 들어갔다. 그리고 마치 다른 공간으로 순간 이동한 것 같은 착각에 빠졌다.

삭막해 보이던 옛날의 쓰쿠모 서점은 온데간데없고 휘황찬란하게 빛나는 하얀 형광등 아래에서 책장이 벽을 가득 메우고 있었다. 따뜻한 색의 전구가 비추는 실내는 대낮에도 마음이 안정될 만큼 어둑어둑했고 책장 무늬에는 나뭇결이 살아 있었다. 가게 곳곳에 '우리 고장을 무대로 한 소설 특집', '커피와 함께 읽기 좋은 책' 같은 문구가 적힌 광고 POP가 놓여 있고, 그 주변으로 주제에 따라 분류된 책이 크기에 상관없이 진열되어 있었다.

내가 지금까지 이용해본 어떤 서점과도 달랐다. 이 가게가 이런 모습으로 바뀔 줄은 상상조차 못 했다. 대체 어느새 이렇게 변한 걸까?

나는 가게에 들어서자마자 넋을 잃은 채 멈춰 서 있었다. 그런 내게 누군가가 말을 건넸다.

"뭐 찾는 거라도 있으세요?"

고개를 옆으로 돌리자 카운터에 여자 점원이 서 있었다.

분위기를 보면 30대 중반 정도 같았다. 웨이브가 들어간 흑발을 뒤로 한데 묶고 있었는데, 처진 눈매와 도톰한 입술, 둥근 코가 선한 인상을 주었다. 베이지색 앞치마에 서점과 동일한 '쓰쿠모'라는 이름표가 달려 있었다. 서점 주인의 가족이나 친척 같지만 아는 얼굴은 아니었다.

"저기, 자격증 책은 어디에⋯⋯."

나는 당황하며 대답했다. 스스로 생각해도 모호한 질문이었다.

쓰쿠모는 카운터에서 나와 가지런한 손가락으로 내게 손짓했다.

"안내해드릴게요."

서점 안이 그리 넓지는 않아서 가장 안쪽까지도 금방이었다. 그곳에 자격증 관련 책들을 모아놓은 코너가 있었다. 구비된 서적이 다양하다고 할 수는 없었지만 숫자만 많다고 좋은 것은 아니다. 특히 우리나라에 어떤 자격증이 존재하는지조차 잘 모르는 나 같은 사람에게는 말이다.

나는 고맙다고 말한 뒤 눈에 들어온 책을 손에 들고 대충 넘겨보았다. 잠시 후에 뒤를 돌아보니 쓰쿠모는 아직도 내 뒤에 서 있었다. 이건 뭐랄까, 참 거북했다.

"저기, 이제 괜찮은데요."

그만 가봐도 된다는 의미였지만 그녀는 내 말을 무시하며 물었다.

"손님, 혹시 일자리를 찾고 계신가요?"

나는 당황할 수밖에 없었다. 공손한 말투라 불쾌하진 않았지만 꽤나 무례하게 느껴질 수도 있는 질문이었다.

"네, 뭐……."

솔직하게 대답할 필요는 없을 테지만 어이없고 놀란 탓인지 적당한 거짓말이 떠오르지 않았다. 쓰쿠모는 허리쯤에서 손을 깍지 끼고 진지한 표정으로 이런 말을 꺼냈다.

"그러면 오늘 밤 9시에 한 번 더 저희 가게로 와주시지 않겠어요?"

"네?"

"손님께 일자리를 드릴 수도 있을 것 같거든요."

순간적으로 그게 무슨 소리인지 이해가 가지 않았다.

"……아르바이트 면접을 보러 오라는 이야기인가요?"

나는 가게 안을 둘러보았다. 아르바이트 모집 안내문은 보이지 않았다.

쓰쿠모는 의미심장한 미소를 지었다.

"그런 게 아니에요. 우리 '일'은."

하지만 그 말을 어떻게 해석해야 좋을지 알 수 없었다.

서점 안에는 다른 손님들도 있었고 그중 한 명이 만화책을 손에 들고 계산대로 걸어가고 있었다. 쓰쿠모는 그 모습을 보고 재빨리 내게서 멀어져갔다.

……대체 무슨 꿍꿍이지?

나는 그 뒤로도 다른 자격증 책을 펼쳐보거나 했지만 점원의 괴상한 제안이 신경 쓰여서 글자가 눈에 들어오지 않았다. 결국은 포기하고 아무것도 사지 않은 채 서점을 나왔다.

문밖으로 나왔을 때 다시 한번 가게 안을 들여다보았다. 유리 너머로 눈이 마주친 쓰쿠모는 미소를 짓고 있었고, 나는 왠지 모르게 등줄기가 오싹해졌다.

4

"이 시간에 어디 가니?"

나는 몰래 집을 빠져나오려 했지만 어머니께 들키고 말았다. 우리 집은 방 두 개에 거실 겸 주방이 딸린 구조로 좁다고 느껴본 적은 없지만 동거인의 눈을 피할 수 있을 만큼 넓지도 않다.

"일자리를 소개해준다는 사람이 있어서, 가서 이야기만이라도 들어보려고."

나는 낮에 그 여자 점원에게 들었던 말이 끝내 마음에 걸려서 오늘 밤 쓰쿠모 서점에 가보기로 했다. 현재 시각은 밤 8시 45분이었다. 지금 출발하면 서두르지 않아도 9시까지는 도착할 것이다.

"어머, 일자리? 괜찮은 거니?"

어머니는 조금 못 미더우신가 보다. 내가 제대로 일할 수 있을지에 대한 걱정일 수도 있고, 이런 시간에 불러낸 것이 영 수상쩍어서일 수도 있다. 어쩌면 둘 다일지도 모르겠다.

"나도 아직은 자세한 건 몰라. 일단 제안만 받은 상태거든."

어머니의 표정은 밝아지지 않았지만 나도 이제 아이가 아니었기에 딱히 말리진 않으셨다.

특정한 옷을 입고 오라는 이야기는 없었기에 낮에 입었던 평상복에 스니커즈를 신고 발끝으로 땅을 콩콩 찧었다. 그때 문득 생각난 것을 어머니에게 물어보았다.

"역 근처에 있는 쓰쿠모 서점, 완전히 새로 바뀌었던데."

"그래, 맞아. 오늘 거기 갔었니?"

"응. 처음 보는 여자가 가게를 보고 있던데, 누구야?"

"글쎄, 나는 잘 모르겠구나." 어머니는 손을 턱에 괴며 말했다. "1년 전쯤에 리모델링했을 거야. 그 여자애가 가게를 보기 시작한 게 그때쯤이니까 아마 그 집 딸내미가 고향에 돌아온 게 아닐까?"

내가 보기엔 '연상의 누님'이었지만 어머니의 눈엔 '여자애'였나 보다.

"쓰쿠모 씨 댁에 딸이 있었어?"

"글쎄…… 어, 혹시 너 첫눈에 반한 거니?"

"첫눈에 반하다니, 무슨."

어머니는 "하긴 예쁘긴 했어……" 하고 진지하게 중얼거렸지만, 이건 정말 아니다. 이따가 당사자와 마주쳤을 때 어머니의 말 때문에 괜히 엉뚱한 생각이라도 들까 봐 걱정이 되었다.

나는 도망치듯 집을 나왔다.

역으로 향하는 발걸음은 결코 가볍지 않았다. 무엇보다도 일하는 것에 대한 공포심이 아직 남아 있었다. 그래도 뭐, 어렵겠다 싶을 땐 거절하면 그만이었다. 그것만으로도 구직을 위해 노력하는 내 모습을 어필할 수 있을 것이다. 비겁하다는 건 알지만 나에겐 어머니와 하루미 앞에서 체면을 세우는 게 먼저였다.

쓰쿠모 서점의 영업 시간은 밤 8시까지였지만 약속을 잡아두었으니 나는 당연히 가게 불이 켜져 있을 줄 알았다. 하지만 막상 도착해보니 유리 너머로 보이는 가게 안은 캄캄했다. 물론 사람의 기척도 없었다.

한동안 가게 앞을 서성거리거나 유리에 달라붙어 안을 들여다보았지만 변화는 없었다. 혹시 날 가지고 논 걸까? 가슴 안쪽에서 불안감이 부풀어 올랐다.

어느새 약속했던 9시가 넘어 있었다. 역시 이렇게 쉽게 일자리를 구할 수 있을 리 없다. 나는 어깨를 축 늘어뜨리면서도 한편으로는 안도하며 쓰쿠모 서점을 떠나려 했다.

그때였다.

"잠깐만."

목소리가 들려와 반사적으로 고개를 돌렸다.

"미안, 시계를 늦게 봐서. 와줬구나."

쓰쿠모가 서 있었다. 오후와 똑같은 차림에 앞치마 색만 바뀌어 있었다. 낮에는 베이지색이었지만 지금은 어두운 것을 감안해도 새까만 색이었다.

"어디서 나오셨어요? 방금 전까진 없었잖아요?" 나는 귀신에라도 홀린 듯한 심정으로 물었다.

서점의 유리문이 잠긴 것은 이미 확인했다. 길 쪽에서 다가왔다면 말을 걸기 전에 알아챘을 것이다.

쓰쿠모는 미소를 짓더니 등 뒤의 공간, 쓰쿠모 서점의 바로 옆으로 뚫린 구멍을 가리켰다.

"여기, 계단이 있거든."

나는 구멍을 들여다보았다. 낡고 얇은 나무 계단이 아래를 향해 뻗어 있었다.

이런 곳에 지하가 있을 줄이야.

쓰쿠모는 내 놀라움을 꿰뚫어 본 듯 말했다. "평소엔 문을 닫아두니까 보지 못했을 거야."

"하지만 문을 본 기억도 없는데요."

"그야 서점을 열 때는 여기에 잡지꽂이를 놓아두니까 그렇지."

그 말을 듣고서야 이해가 갔다. 분명 오후에 잡지꽂이를 본 기억이 있다. 그 뒤쪽에 문이 숨겨져 있었나 보다.

"이 밑엔 뭐가 있죠?"

"궁금하니? 그럼 따라와."

쓰쿠모는 그렇게 말하며 계단을 내려갔다. 나는 뒤를 따랐다.

계단 끝에는 묵직해 보이는 나무문이 있었다. 판 초콜릿처럼 일정한 정사각형으로 부조된 외형이 특징적이었다.

그 정면에 작은 문패가 박혀 있었다. 살펴보니 문패만 새것처럼 깨끗해서 비교적 최근에 붙였다는 걸 알 수 있었다. 나는 얼굴을 가까이 갖다 대고 문패에 새겨진 글자를 읽었다.

BAR TASK

"바 태스크……?"

태스크 바는 PC 용어였다. 그것의 앞뒤를 바꾸었으니 여기는 '태스크'라는 이름이 붙은 바인 것 같다. 사람들이 보통 퇴근 후에 찾는 주점에 '일(태스크)'이라는 이름은 별로 적합하지 않아 보였다.

"여기는 술집인가요?"

"그래, 내가 운영하고 있어. 정확히 말하면 우리 서점에서 운영하는 거지만."

쓰쿠모는 오후 때와 달리 편한 말투를 쓰고 있었다. 지금은 점원과 손님의 관계가 아니라는 의미일 것이다.

나는 그녀가 당겨서 열어준 문 안으로 들어갔다. 그리고 이번에도 다른 공간으로 순간 이동한 것 같은 착각에 빠지고 말았다.

　내부는 어센틱이라는 표현이 딱 들어맞는 세련된 주점이었다. 카운터석만 일곱 자리였고 카운터 안쪽 선반에는 양주병이 쭉 놓여 있었다. 벽면에는 자동차나 여자 얼굴을 그린 서양식 레트로풍 일러스트가 액자로 걸려 있었다. 먼저 온 손님이 둘 있었고 그들은 새로 들어온 나를 호기심 가득한 눈길로 빤히 쳐다보았다.

　그러고 보니 쓰쿠모 서점과 비슷한 인상을 주는 곳이었다. 서점이 더 밝긴 했지만 조명이나 내부 인테리어의 분위기는 서로 일맥상통하는 부분이 있었다. 차이점이라면 선반에 진열된 것이 책이냐, 술이냐 하는 정도였다.

　"마음에 드는 자리에 앉아."

　쓰쿠모는 그렇게 말하며 카운터 안쪽으로 들어갔다. 말은 그렇게 해도 먼저 온 손님이 있었기에 선택지는 많지 않았다. 나는 가장 가까운 의자에 자리를 잡았다.

　"몰랐네요. 구스다에 이렇게 멋진 바가 있었을 줄이야."

　나는 아직도 가게 안을 둘러보고 있었다. 회사에 다닐 때도 바 같은 곳에 간 적은 거의 없었다. 솔직히 말해 편하지가 않다.

　"오픈한 지 아직 1년밖에 안 됐어. 이 근처에도 모르는 사람이 많을걸."

쓰쿠모는 겸손을 떠는 건지 우후홋 하고 웃었다.

"뭐 마실래?"

"저기, 지금 제가 돈이 별로……." 나는 수치심을 견디며 말했다.

바에 온 적이 많지 않아서 한 잔에 얼마나 하는지 잘 몰랐기 때문이었다. 게다가 애초에 나는 일자리가 필요해서 왔지 술을 마시러 온 것이 아니었다.

그러자 두 자리 떨어진 곳에 앉아 있던 남자 손님이 이쪽으로 고개를 뺄며 웃었다.

"이거, 딱 봐도 '일'이 필요할 것 같은 형씨로군."

은근슬쩍 실례되는 말을 들은 것 같아 나는 그 남자를 쳐다보았다.

성인 남성치고는 긴 머리에, 군데군데 흰머리가 섞여 있었다. 갈색 재킷과 베이지색 바지가 한눈에 봐도 세련된 인상을 주었다. 평범한 회사원처럼 보이지는 않았지만 구체적으로 뭘 하는 사람인지는 짐작도 가지 않았다.

남자 손님은 카운터 쪽을 턱짓으로 가리켰다.

"괜찮으니까 좋아하는 걸 시키게. 이 사람은 자기가 부른 손님한테선 돈을 안 받거든."

"어, 아니, 그럴 수는……."

나는 당황했다. 갑자기 공짜 술을 준다고 하면 경계심이 앞설 수밖에 없다.

쓰쿠모는 이런 반응에 익숙한지 우는 아이를 달래는 엄마처럼 말했다. "괜찮아. 마신 값만큼 확실히 '일'을 하게 될 테니까."

……미소가 무서웠다. 하지만 싫다고 대답할 수도 없는 분위기였다.

일이라면 설거지라도 시키려는 걸까? 뭐, 술 한 잔 값이야 두 시간 정도 일하면 충분히 치를 수 있을 것이다. 나는 일단 상황이 흘러가는 대로 따라가보기로 했다.

"저기, 그러면 맥주로 주세요."

나는 칵테일이나 위스키에 대해서는 문외한이나 다름없었고 돈도 안 내는 주제에 메뉴판을 요구하기도 미안했다. 내가 맥주를 주문하자 쓰쿠모는 카운터에 설치된 기계를 조작해서 굴곡진 잔에 맥주를 따라주었다. 황금색 액체와 거품의 비율이 이상적이라 맛있어 보였다.

가게에 있는 네 사람끼리 건배를 했다. 맥주가 목을 넘어가는 순간의 적당한 향과 청량감에 평소의 시답잖은 감상이 씻겨 내려가는 것 같았다. 남자 손님은 위스키 같은 술에 얼음을 넣어 마셨고 가장 안쪽 자리에 앉은 은근히 섹시한 여자애는 예쁜 파란색의 샷 칵테일을 마시고 있었다. 쓰쿠모의 잔에 든 건…… 설마 우유인가?

"그럼, 네 이름부터 말해줄래?" 술자리가 시작되기 무섭게 쓰쿠모가 물었다.

그러고 보니 아직까지 내 이름도 밝히지 않았다. 나는 헛기침을 한 뒤 자기소개를 시작했다.

"나가하라 다스쿠라고 합니다. 나이는 스물다섯이고요. 세 달 전까지 회사에 다녔지만 사정이 있어서 그만두고 현재는 무직 상태입니다. 여기서 가까운 어머니 집에서 함께 살고 있고…… 이야기할 만한 건 대충 이 정도네요."

"흠, 꽤나 밋밋한 자기소개네."

쓰쿠모의 가차 없는 말이 내 가슴에 날카롭게 박혔다.

"형씨, 이름이 다스쿠라고?" 남자 손님이 내 이름을 되뇌었다.

"네. 사람인변에 오른우(佑)를 씁니다."

"하하하, 이거 절묘하군. 태스크에 태스크를 구하러 온 태스크(태스크에는 일이라는 뜻이 있고, 일본어로 태스크와 다스쿠는 동일한 발음이다 – 옮긴이) 군이라."

뭐가 그리 재미있어서 큰 소리로 웃는지 모르겠다. 물론 기묘한 우연이라고 할 수는 있겠지만 말이다. 이 아저씨, 아무래도 취했나 보다.

"소개가 늦었군. 내 이름은 사토나카 준노스케. 근처에서 작은 회사를 운영하고 있지. 잘 부탁하네."

그렇게 말하며 손을 내밀었기에 나도 맞잡으며 악수를 했다. 방금 전까지 차가운 술잔을 들고 있던 오른손이 살짝 젖어 있었다.

"그리고 이쪽은 도야마 미라이. 꽤 미인이지?"

사토나카는 상반신을 돌리며 안쪽에 있던 여자애를 소개해주었다. 미라이라 불린 여자는 잔을 들더니 이쪽을 향해 요염하게 미소 지었다.

쓰쿠모가 호감형 미인이라면 이쪽은 한없이 도도해 보이는 인상이었다. 서늘한 눈매에 오뚝한 코, 입가는 예쁘게 올라가 있고 입술은 촉촉했다. 밝은 갈색의 생머리를 길게 기르고 기장이 긴 은색 드레스 같은 옷을 입고 있었다.

연예인이라 해도 믿을 만한 외모를 보며 나도 모르게 넋을 잃고 말았다. 그러자 사토나카가 내 어깨를 두드렸다.

"뭘 긴장하고 그래? 저 친구는 형씨보다 어리다고."

"잠깐, 사토나카 씨. 남의 나이를 멋대로 밝히기 있어?"

처음으로 듣는 그녀의 목소리는 생각보다 훨씬 허스키

했다. 듣는 사람이 움찔할 정도의 독특한 섹시함이 묻어나는 목소리였다.

"그랬군요. 꽤나 어른스럽길래……."

"내가 늙어 보인다는 소리야?"

미라이가 바로 발끈하자 나는 당황했다.

"아니, 그런 뜻이 아니라……. 저기, 일은 어떤 일을 하시나요?"

나는 황급히 화제를 바꿔보았다. 하지만…….

"알바생이야. 뭐, 불만 있어? 백수보단 낫잖아."

미라이는 사납게 말하며 담배를 입에 물고 불을 붙였다. 비위를 완전히 건드린 모양이다. 나는 어깨를 움츠렸다.

"저 두 사람은 우리 단골이니까 사이좋게 지내. 그럼 마지막은 내 차례네."

쓰쿠모는 우리 사이에 흐르는 긴장감 따윈 전혀 신경 쓰지 않고 말을 이어받았다.

"성은 쓰쿠모, 이름은 도와코. 낮에는 쓰쿠모 서점에서 책을 팔고 밤에는 여기 바 테스크에서 바텐더를 하고 있어. 앞으로 잘 부탁해."

그녀의 자기소개도 충분히 밋밋한 편이었다. 일부러 최소한의 정보만 이야기하는 느낌이 들 정도였다.

질문하고 싶은 게 산더미처럼 많았다. 나는 먼저 이 비밀스러운 바에 대해 묻기로 했다.

"이 가게는 쓰쿠모 씨가 여신 건가요?"

"도와코라고 불러도 돼. 맞아, 내가 해보고 싶어서 시작한 가게야."

"그러면 태스크라는 가게 이름도 도와코 씨가 붙인 거겠네요. 바 이름치고는 특이한데요······. 뭐, 이름이 다스쿠인 제가 이런 말하는 것도 우습지만요."

그러자 도와코 씨는 미간을 찡그렸다.

"내 이름은 십팔(十八)에 아들자(子)를 붙여서 도와코(十八子)라고 쓰거든."

쓰쿠모(九十九)와 도와코(十八子). 글자 배열이 뭔가 굉장했다. 가만히 생각하다 보니 퍼뜩 떠오르는 것이 있었다.

"'구(九) 더하기(十) 구(九)'니까 십팔인 건가요?"

"오, 형씨. 의외로 예리하군."

나는 사토나카의 칭찬에 자신감을 얻으며 말을 이었다.

"태스크도 '다스쿠(더하다는 뜻의 다스(足す)와 9를 합쳐놓은 말-옮긴이)'를 의미하는 거죠? 그게 일이라는 뜻의 '태스크'와 겹쳐지면서 중의적인 표현이 된 거고요."

"맞아. 원래는 내 이름을 쓰고 싶었지만 그냥 '도와코'라고 하면 후미진 골목의 싸구려 술집 같잖아. 그래서 살짝 비틀어봤어."

이런 고급스러운 인테리어에 '도와코 주점' 같은 이름은 정말 어울리지 않았다. 그럴 바엔 차라리 태스크가 나을지도 모르겠다.

"그것 말고도 묻고 싶은 게 많아요. 오늘 낮에 제가 일자리를 찾고 있다는 걸 어떻게 알아보셨어요?"

도와코 씨는 기억을 되짚듯이 허공을 비스듬히 올려다보았다.

"서점에서 손님들을 관찰하다 보면 꽤나 많은 걸 알 수 있거든. 아, 이 사람은 이제 곧 결혼하겠구나, 이 사람은 개를 키우기 시작했구나, 하는 식으로. 어떤 사람은 진심으로 누군가를 죽이고 싶어 한다는 게 느껴진 적도 있어."

……으으, 무서워라. 그런 이야기를 어쩌면 이렇게 태연히 할 수 있는 걸까?

"다스쿠 씨는 특정한 자격증을 공부하려는 사람 같지 않았어. 그랬다면 나한테 물어볼 때 무슨 무슨 자격증에 관한 책이 필요하다고 구체적으로 말했겠지. 그러면서도 책장 앞에서는 취미 쪽 자격증이 아닌 직업 관련 자격증 책들만 펼쳐봤잖아. 그래서 일자리를 찾는 것 같다고 생각한 거야."

뛰어난 통찰력이었다. 물론 손님 입장에서는 자주 발휘되지 않는 편이 낫겠지만 말이다. 어쨌든 의문은 아직 남아 있었다. 그리고 본론은 지금부터였다.

"일자리를 준다고 하셨죠. 그건 어떤 일인가요?"

도와코 씨는 우유를 마신 뒤에 내 두 눈을 정면으로 응시했다. 술을 안 좋아하는 걸까?

"다스쿠 씨, 요즘 뭔가 고민이 있지 않아?"

상당히 막연한 질문이었다. 게다가 내 질문에 대한 대답도 아니었다.

"직장에 대한 고민이 있긴 한데요."

"좀 더 심각한 고민 말이야. 인생에 대한 고민."

사토나카가 갑자기 끼어들었다. "그런 걸 『태어나는 고민』이라고 하지."

"그게 뭐였죠? 어디선가 들어본 것 같은데……."

"아리시마 다케오의 소설일세. 예술가가 되지 못하는 인간의 고뇌를 그린 작품이지."

서점에서 경영하는 술집답게 손님들 중에도 책을 좋아하는 이들이 많은 걸까?

나는 고개를 저었다. "예술가를 꿈꾸는 것과는 오히려

대척점에 있다고 해야 할 것 같은데…… 저는 평생 회사원으로 살아가고 싶었거든요. 하지만 그럴 수 없었죠."

도와코 씨는 자세한 이야기를 듣고 싶어 하는 눈치였다.

초면인 사람들에게 이야기할 만한 내용인지는 알 수 없었지만 이들과 사회에서 마주칠 일은 없을 거라는 편안함 내지 무책임함, 그리고 한 잔의 맥주가 내 입을 가볍게 했다. 나는 어느새 취직은 했지만 끔찍하게 일을 못했다는 사실과 우울함에 회사를 관둔 뒤에도 그때의 트라우마로 다음 직장을 구하지 못하고 있다는 사실을 털어놓고 있었다.

"……대충 그렇게 된 겁니다."

"요컨대……." 미라이가 태우던 담배 끝으로 내 쪽을 가리켰다. "다스쿠 씨는 본인에 대해 자신감을 가질 수 없게 된 거구나."

그렇게 단순한 이야기인 걸까? 나에 대한 자신감을 잃어버린 건 사실이긴 하다.

"힘들었겠네."

도와코 씨의 태도는 동정적이었다. 내가 아무 말도 하지 않았는데 맥주를 한 잔 더 따라주었다.

"그래서 자격증 책을 찾고 있었던 거구나."

"네. 어제 만난 친구한테 자격증 공부를 해보는 게 어떠냐는 이야기를 들어서요."

별 뜻 없이 꺼낸 말에 미라이가 반응했다.

"그 친구는 남자야?"

"아니, 여자인데요……."

"역시나. 이름은?"

"그런 걸 왜 물어보는데요?"

"그냥. 대답이나 해."

꽤나 강압적인 말투였다. 나는 그녀가 어차피 흥밋거리로 물어보는 거라 생각하며 입을 열었다.

"그 친구 이름은 데라모토 하루미이고 그냥 어릴 때부터 알고 지낸 소꿉친구예요. 사귀는 사이는 아닙니다."

이번에는 사토나카가 놀리듯 말했다. "하지만 형씨, 그래도 조금은 그 친구에게 마음이 있는 거 아닌가?"

나는 화를 참지 못하고 자리를 박차며 일어섰다.

"아니라니까요!"

그리고 그대로 가게 입구 쪽으로 걸어갔다.

도와코 씨는 침착한 목소리로 물었다. "다스쿠 씨, 벌써 돌아가려고?"

"화장실에 가려는 것뿐이에요!"

오줌이 마려운 건 사실이지만 단순히 그 때문만은 아니었다. 나한테만 꼬치꼬치 캐묻는 분위기에서 벗어나 일단 평정심을 되찾고 싶었다.

도와코 씨는 갑자기 미라이를 가리켰다.

"미라이 씨는 왜요?"

"화장실은 저쪽이야."

도와코 씨가 가리킨 방향을 보니 미라이의 뒤쪽에 문이 있었다. 의도를 잘못 이해한 민망함까지 더해지자 나는 도망치듯 화장실에 들어갔다.

나는 몇 분 뒤에 볼일을 끝내고 자리에 돌아왔다. 마음은 진정된…… 것 같다. 내가 없는 동안에도 세 사람은 무언가를 이야기하는 듯했지만 화장실 안에서는 자세한 내용이 들리지 않았다.

도와코 씨는 내가 의자에 앉기를 기다렸다가 카운터 쪽으로 몸을 기댔다. 갑작스럽게 얼굴이 가까워지자 가슴이 두근거렸다.

"다스쿠 씨, 아까 미라이도 말한 것처럼 지금 당신에게 필요한 건 자신감을 회복하는 일이라고 생각해."

"네……."

갑자기 무슨 말을 하려는 걸까?

"그래서 말인데, 한 가지 확인하고 싶은 게 있어. 다스쿠 씨는 그 친구를 정말 아무렇지도 않게 생각하는 거야?"

나는 또 그 이야기인가 싶어서 진절머리가 났지만, 이렇게 정색하고 물으면 대답이 궁해지는 것도 사실이었다. 친구로만 생각한다는 대답은 거짓말이기 때문이었다.

"하루미와는 오래 알고 지낸 사이라 당연히 생각이야 많이 하는데요……."

에둘러 대답을 하자 미라이는 담배 연기를 내뿜으며 말했다.

"됐고, 좋아한다는 걸 그만 인정해. 답답하니까."

"미라이, 잠시만 조용히 있어줘."

그때 도와코 씨가 그녀를 제지했다. 얼굴은 웃고 있었지만 등줄기가 오싹해질 만큼 박력이 있었다.

"……네."

미라이는 몸을 살짝 떨었다. 늘 당당해 보이는 그녀도 도와코 씨 앞에서는 약해지는 모양이다. 덕분에 가게 안에서 날 놀리는 분위기는 완전히 사라졌다. 그러자 이번에도 내 입은 신기할 만큼 가벼워졌다.

"좋아하냐 마냐를 따진다면 당연히 좋아하죠. 하지만 연애 대상이라기보다는 동경심에 가까운 것 같아요."

어렸을 때부터 똑 부러진 성격의 하루미는 불안해하는 내 손을 잡아 이끌어주곤 했다. 어른이 된 뒤에도 못난 나의 기운을 북돋워주기 위해 밥을 먹자고 불러내주었다.

"지금까지 계속 그런 거리감을 유지하면서 지내왔고 서로가 앞으로도 그런 관계를 원하는 것 같아요. 어쨌든 저는 지금 연애 같은 거에 정신이 팔려 있을 때가 아니니까요. 최소한의 해야 할 일들부터 해결하기 전에는……."

"하지만 그런 것들을 해내기 위한 자신감을 잃어버린 거 잖아?"

"윽……."

아픈 곳을 찔렀다.

미라이는 팔짱을 낀 채 한숨을 내쉬며 말했다. "친구에 대한 말 못 할 짝사랑이라……. 무슨 숫총각 같네."

"숫?"

말문이 탁 막혔다. 묘령의 여성에게서 설마 그런 말을 듣게 될 줄이야.

"그 친구한테 애인은 없는 거지?"

도와코 씨의 말이었다.

"지금은…… 없을 겁니다."

"그런 괜찮은 여자를 놔두고 우물쭈물하고 있으면 다른 남자가 금방 채갈 걸세. 나쓰메 소세키의 소설 『산시로』처럼 말이지."

그 작품은 마지막 문장이 정말 좋았다고 사토나카가 덧붙였다. 아무래도 그는 근대 문학을 좋아하는 것 같다.

미라이도 문학 이야기라면 빠질 수 없다는 듯이 끼어들었다.

"가까운 사이면서 다음 단계로 발전 못 하는 사랑이라면 가와카미 히로미가 쓴 『선생님의 가방』도 있지 않아?"

"미라이는 여전히 여성 작가를 좋아하는군."

사토나카가 대답하자 도와코 씨도 한마디 끼어들었다.

"그것도 멋진 소설이지만 남자들의 눈에는 늙은이의 사랑으로 보일 거야. 다스쿠 씨가 놓인 상황에 적용하긴 힘들 것 같은데."

이 사람들의 대화는 항상 이런 걸까? 나는 끝까지 따라가지 못할 것 같아 불안해졌다.

"하지만 다스쿠 씨는 결국 좋아하는 감정을 고백할 배짱이 없어서 도망칠 구실을 만들어낸 것뿐이잖아."

나는 미라이의 말에 바로 반박했다.

"아닙니다. 고백하고 싶은 마음이 없다고요."

"그러면 만약 그 친구가 다스쿠 씨를 좋아하면 어쩔 건데? 백수라도 괜찮아, 내가 먹여 살릴게, 이렇게 나오면 역시 사귈 거잖아."

"윽."

이 사람들은 남의 아픈 구석을 몇 번이나 찔러대야 속이 후련한 걸까.

"그건…… 나 같은 녀석에게 거절당하면 얼마나 자존심이 상하겠어요."

미라이는 카운터 끝에서 끝까지 닿을 만큼 담배 연기를 길게 뿜어냈다.

"다스쿠 씨하고 이야기하는 거, 정말 피곤해. 그냥 솔직해지면 될 텐데."

"피곤하면 그냥 신경 끄세요. 제가 먼저 이야기를 들어달라고 한 것도 아니잖아요."

"자, 자, 싸우지들 말고……. 그래도 이걸로 결정됐네."

도와코 씨는 짝 하고 손뼉을 쳤다.

"결정되다니, 뭐가……."

그 말을 이해하지 못한 건 나뿐이었나 보다. 사토나카와 미라이는 이미 뭔가 알고 있는 표정이었다.

"뭐겠어. 일이지, 일."

그 말을 듣고 나서야 퍼뜩 생각이 났다. 나는 오늘 이곳에 연애 상담을 하러 온 것이 아니었다.

"제가 할 일이 방금 결정됐다고요?"

도와코 씨는 고개를 끄덕였다. 그리고 검지를 세워 보이며 생긋 웃었다.

"잘 들어. 다스쿠 씨가 할 일은 말이지."

5

오늘 처음 만난 사람들이 나에 대해 뭘 알 수 있단 말인가. 나도 내 성격 때문에 미라이가 짜증 낼 만하다는 걸 조금은 자각하고 있다. 우유부단한 데다 변명만 늘어놓는 성격이 직장 생활에서도 악영향을 끼쳤을 것이다. 반성하는 중이다.

지금의 나를 바꾸고 싶은 마음이 없는 건 아니다. 최근에 읽은 심리학책에 따르면 성격에서 행동이 생겨나는 것이 아니라 행동이 성격을 결정짓는다고 한다. 그 말이 어느 정도는 이해가 간다. 내 우유부단함이나 변명부터 나오는 성격도 행동을 바꾸다 보면 교정해나갈 수 있을 것이다. 하지만, 그렇다면 '자신감 있는' 성격이 되고 싶을 땐 대체 어떤 행동을 해야 하는 걸까?

생각해보면 지금까지의 내 인생은 늘 자신감 부족으로 점철되어 있었다. 성실하게 살아왔고 공부도 열심히 했다. 남들이 좋다고 말하는 대학에 들어가서 남들이 훌륭하다고 말하는 기업에 취직했다. 세상, 즉 다른 사람들의 가치 판단 기준에 따라 사는 것에 대해 조금의 의심도 품지 않았다. 주체성이 결여된 것과는 조금 다른 것 같다. 스스로의 판단에 대한 자신감이 없었던 나로서는 일반적인 가치관에 따르는 것이야말로 주체성이라 할 수 있었다.

그런 내가 이제 와서 자신감을 가지라는 말을 들어도 구체적으로 어떻게 해야 할지 막막하기만 할 뿐이다. 어떤 식으로 판단하고 행동하면 그렇게 될 수 있는지 짐작이 가지 않는다. 자신감을 가지라는 말을 남들에게 할 수 있을 정도로 자기 판단에 확신을 가진 사람은 이해조차 못 할 것이다. 나에 대해 잘 알지도 못하는 사람들이 그걸 쉽게 생각한다는 게 어이가 없다. 그런데…….

어째서 난 지금 그 사람이 시키는 대로 하고 있는 걸까.

구스다 역 앞의 로터리에는 약속 장소로 제격인 분수가 있다. 내가 그 가장자리에 앉아 한숨을 쉬고 있을 때 개찰구 쪽에서 목소리가 들렸다.

"다스쿠!"

나는 자리에서 일어났다. 그리고 걸어오는 하루미를 향해 가볍게 손을 흔들었다.

"미안. 갑자기 불러내서."

"아니, 괜찮아. ……그런데 별일이네. 다스쿠가 먼저 다 만나자고 하고. 게다가 저번에 보고 얼마 지나지도 않았잖아. 무슨 일 있어?"

평소에는 오피스 캐주얼 느낌의 옷을 입고 있을 때가 많았지만 오늘의 하루미는 회색 바지 정장 차림이었다. 다만 재킷 안에 와이셔츠 대신 니트를 입고 있어서 딱딱해 보이지는 않았다.

지금까지는 최대한 의식하지 않으려 노력해왔지만, 유심히 보니 참 예쁘다는 생각이 든다. 도와코 씨나 미라이처럼 눈에 확 띄는 미인은 아니지만 발랄하면서도 묘하게 사람을 끌어당기는 매력이 있었다.

마지막으로 만난 게 지난 금요일이고 오늘이 화요일이니까 며칠 만에 또 불러낸 셈이다. 하루미가 놀라며 날 걱정해주는 것도 무리는 아니었다. 하지만 시간을 끌면 끌수록 결심이 약해질 것 같았다. 나는 어렸을 때도 여름방학

숙제부터 재빨리 끝내놓지 않으면 즐겁게 놀지 못하는 아이였다.

"무슨 일이 있었던 건 아니지만 말이지. 가끔씩은 내가 먼저 연락하는 것도 괜찮겠다 싶어서."

더 요령 있게 말하고 싶었지만 그럴 만한 여유가 없었다. 나는 고개를 갸웃거리는 하루미에게서 등을 돌리며 어색하게 걸어가기 시작했다.

평소에 아는 가게가 딱히 없었기에 멋대가리 없다는 걸 알면서도 금요일에 먹었던 꼬치구이집에 또 들어갔다. 테이블에 자리를 잡고 나서야 정장에 냄새가 배면 어쩌나 싶은 생각이 들었다.

"하루미의 말을 듣고 나서 자격증에 대해 고민하기 시작했어."

맨 처음 꺼내려고 미리 생각해둔 말이었다. 내가 먼저 불러낸 이상 일단 얘깃거리라도 있어 보이는 게 좋을 것 같아서였다.

하루미는 맥주잔 손잡이를 잡은 채 나를 바라보았다.

"오, 진전이 있었구나. 조언해준 보람이 있네."

"아직 구체적인 목표를 정한 건 아니지만 말이지. 그런데 생각해보니까 하루미도 현청 직원이니까 공무원 시험에 합격한 경험자라고 할 수 있잖아. 어떤 식으로 공부를 했는지 가르쳐주면 고마울 것 같은데."

그러자 아주 짧은 순간…… 내 착각이었나 싶을 만큼 순식간이었지만 하루미는 무슨 걱정이라도 있는 것처럼 눈썹을 찡그렸다.

"다스쿠, 현청 직원이 되고 싶어?"

"아니, 딱히 그런 건 아닌데……."

"전 직장도 공무원하고 비슷한 부분이 있었잖아. 정말 괜찮겠어?"

하루미의 직설적인 말에 어떻게 반응해야 좋을지 알 수 없었다. 나는 사실 공무원이 되려는 마음이 전혀 없었다. 방금 한 이야기는 하루미를 불러내기 위한 구실에 지나지 않았던 것이다.

그런데 하루미가 이 정도로 명확하게 부정적인 태도를 보일 거라고는 전혀 예상치 못하고 있었다. 내가 시작하려는 일이라면 일단 응원부터 해줄 거라 여겼던 것이다.

초장부터 말리고 있다. 내가 어쩔 줄 몰라 하자 하루미는 당황한 듯이 말을 이었다.

"나는 학창 시절부터 지금 하는 일을 목표로 해왔으니까 독학으로도 합격했지만, 다스쿠는 당장 하는 일도 없고 시간이 많으니까 학원에 다니는 게 나을 수도 있어. 직종에 따라서는 수험 연령이 제한되기도 하니까 최대한 빨리 합격하는 게 좋을 거야."

"아, 응…… 고마워. 참고할게."

나는 건성으로 대화를 이어나가며 하루미가 불쾌감을 드러낸 이유가 뭔지 고민했다.

그녀는 학창 시절부터 현청 직원이 되는 것을 목표로 열심히 공부했다고 한다. 말하자면 현재는 그 꿈을 이룬 셈이다.

반면 나는 힘든 상황을 견디지 못해 회사를 그만두고 자신감까지 잃은 상태에서 다음 직장을 찾는 입장이었다. 그런 상대에게 '너와 같은 직장을 목표로 하려고'라는 말을 들으면 화가 날 법도 했다. 네가 하는 일 정도는 나도 할 수 있다는 말처럼 들릴 테니 말이다. 그녀도 처음 일을 시작해서 지금의 자리에 오기까지 분명 수많은 고생을 해왔을 것이다.

배려심 부족한 말로 하루미의 기분을 상하게 하다니. 생각하면 할수록 못난 내가 더욱 싫어졌다. 자책감에 휩싸인 나는 나도 모르게 이런 질문을 던지고 말았다.

"왜 하루미는 내가 고향에 돌아온 이후로 만나자고 불러냈던 거야?"

"왜냐니? 불쌍해서 그랬다는 대답이 듣고 싶은 건 아니지?" 하루미는 농담 투로 말했다.

그녀는 피망 꼬치를 손에 든 채 좀처럼 입에 대지 않고 있었다.

"뭐랄까, 나하고 있어도 별로 즐거울 것 같진 않아서. 무작정 일을 관둬버리고 다음 단계로 나아가지도 못하고 있잖아. 지금의 난 솔직히 한심하기도 하고 인간으로서의 매력이 없는 것 같아. 그런 나하고 같이 있어봐야 하루미에게 좋을 게 뭐가 있나 싶어서 말이야."

시선을 내린 채 이야기하고 있는데 갑자기 쿵 하고 커다란 소리가 났다.

하루미가 맥주잔으로 테이블 위를 내리친 것이다. 맥주가 잔 밖으로 흘러넘치며 손등을 적셨다.

"듣자 듣자 하니까."

그녀는 눈에 힘을 주고 이쪽을 노려보고 있었다. 나는 너무 놀라 아무 말도 할 수 없었다.

"난 다스쿠가 좋은 학교에 들어가고 좋은 회사에 다니는 게 좋아서 친구로 지냈던 게 아냐. 다스쿠는 다스쿠니까 좋은 거잖아. 스펙 같은 게 무슨 상관이야?"

옛날부터 하루미는 이렇게 올곧은 정의감을 발휘하곤 했다. 나는 사실 그게 멋져 보여서 연심 대신 동경심으로 그녀를 대했던 것 같다. 하지만 이제 와서 그런 감정을 구분하는 게 무슨 의미가 있겠는가.

토요일 밤, 바 태스크에서 도와코 씨가 내게 부과한 '일'이란…….

"다스쿠 씨가 할 일은 말이지, 바로 그 친구에게 고백하는 거야."

그렇게 말을 꺼낸 도와코 씨에게 나는 처음으로 강하게 반발했다.

"뭐, 뭐라고요? 싫습니다, 그런 건. 애초에 지금의 나 따위에게 고백을 받아봐야 그 친구에게 피해만 줄 뿐이에요. 잘 대해주니까 만만하게 여긴다고 오해할지도 모른다고요."

하지만 도와코 씨는 받아들여주지 않았다.

"지금의 나 따위, 라고 말하는 건 결국 직업이 없기 때문이잖아? 그러면 직업만 생기면 고백할 수 있겠어?"

"아니, 그렇게 단순한 문제가 아니잖아요……."

"지금의 다스쿠 씨에게는 자기 힘으로 무언가를 해낼 수 있다는 자신감이 압도적으로 부족해. 그런 다스쿠 씨가 만약 좋아하는 사람에게 좋아한다는 말을 전할 수 있다면,

그걸 통해 커다란 자신감을 얻을 수 있을 거야. 고백이란 건 상당한 용기가 필요한 행동이잖아."

"아뇨, 이해할 수 없어요. 실패해서 자신감을 더 잃게 될 게 뻔하다고요."

"반대로 생각해봐. 만에 하나 상대가 고백을 받아들인다면 그거야말로 더할 나위 없는 자신감을 갖게 해줄 거야. 다스쿠 씨가 직업 따위에 좌우되지 않는 절대적인 매력을 가졌다는 증거일 테니까."

만에 하나. 실제로도 그 정도의 확률일 테지만 다른 사람의 입을 통해 들으니 역시 복잡한 기분이었다.

"괜찮아. 먼저 연락해서 불러낼 정도면 상대방도 전혀 마음이 없지는 않다고 봐도 돼. 분명 후회하진 않을 거야."

"무슨 말씀을 하셔도 안 되는 건 안 되는 거예요. 고백 따윈 안 할 겁니다."

그러자 도와코 씨는 노골적으로 재미없다는 티를 냈다. 미소가 사라지더니 지금까지 감정이라는 것을 전혀 느껴보지 못한 사람처럼 무표정한 얼굴이 되었다.

"아, 그래. 그러면 그만 가봐. 술값은 10만 엔이야."

"10만?"

맥주 두 잔에 10만 엔. 사기도 이런 사기가 없다.

"그런 큰돈을 제가 어떻게 내겠어요?"

"그러면 잔말 말고 일이나 해. 술값은 안 받을 테니까."

"그건 너무하잖아요."

이 정도면 거의 강요죄가 아닌가?

"형씨, 단념하고 도와코 씨가 시키는 대로 하게. 이 사람은 알았다고 할 때까지 절대 놔주지 않거든." 사토나카는 쓴웃음을 짓고 있었다.

도와코 씨의 얼굴에는 다시 미소가 돌아왔지만 그 안에서 형용할 수 없는 두려움이 느껴졌다. 방금 보여준 박력이나 협박 수법을 보면, 그녀는 혹시 서점과 바를 경영하기 전에 조직에라도 몸담고 있었던 게 아닐까 하는 생각이 든다.

"……알겠습니다. 노력해보죠."

따지고 보면 억지로 한 약속이나 다름없었고 바에서 벗어날 수만 있다면 그냥 무시해도 됐을 테지만 나는 내가 한 말을 지키기 위해 하루미를 불러냈다. 그렇게 해서 지금 함께 꼬치구이를 먹고 있는 것이다.

테이블 반대편에 앉은 하루미는 즐겁게 떠들고 맛있게 먹으며 내가 잘못된 말을 했을 때에는 진심으로 화를 내준다. 좋아해. 그런 하루미가 좋아. 머릿속으로는 몇 번이든 말할 수 있다. 하지만 그걸 입 밖으로 낼 수 있을 것 같지 않다.

나오면서 술값을 계산할 때, 나는 내가 만나자고 불러냈으니까 전부 사겠다고 우겼지만 하루미의 기세에 밀려 더치페이를 하게 되었다. 하루미는 백수 주제에 허세 부리지 말라며 나를 혼내듯 말했다.

둘이 나란히 밤길을 걸었다. 이대로 하루미를 돌려보낸다면 오늘의 만남 자체가 물거품이 될 것이다. 나는 마지막 남은 용기를 쥐어 짜내며 이런 화제를 꺼내보았다.

"하루미는 요즘 주변에 괜찮은 사람 없어?"

하루미의 몸이 순간적으로 경직된 것처럼 보였지만 아마 내 착각일 것이다. 그녀는 밤하늘을 올려다보았다.

"없어. 나도 소꿉친구하고만 놀지 말고 빨리 좋은 사람을 찾아야 할 텐데."

살짝 쓸쓸해 보이는 말이었다.

소꿉친구로는 안 되는 걸까. 나는 괜찮은 사람은 아니지만 하루미의 곁에 내가 있으면 안 되는 걸까.

나도 하루미와 같은 하늘을 올려다보았다. 하루미의 집이 어느새 가까워져 있었다.

6

"그래서 결국 고백을 못 했다고?" 미라이는 믿기지 않는다는 듯이 말했다.

나는 카운터에 엎드리며 말했다. "역시 고백 같은 건 무리예요. 지금의 제겐 아무 매력도 없잖아요."

나는 하루미를 집에 데려다준 뒤에 도저히 집으로 돌아갈 수 없었다. 이대로 돌아가면 자괴감에 짓눌려버릴 것 같았다. 그래서 구스다 역으로 걸음을 돌려 바 태스크로 도망치듯 들어온 것이다.

오늘은 사토나카가 없었고 먼저 온 손님은 미라이 혼자였다. 완전히 풀이 죽은 내게 도와코 씨가 화이트 와인을 내주었다.

"다스쿠 씨는 자신의 매력을 높이기 위해서 좋은 학교나 회사에 들어간 거야?"

"순전히 그것 때문만은 아니지만…… 그런 측면도 있었던 게 사실이에요."

나는 와인을 입에 댔다. 적당히 데워져 더욱 풍부해진 향과 달콤함이 심신의 긴장을 적당히 풀어주었다. 이럴 때 도와코 씨의 목소리는 무척 따뜻하게 들렸다.

"그런 목표를 하나씩 열심히 이뤄온 거겠지. 참 대단해. 그래서 어땠어? 다스쿠 씨는 그때 자기 매력이 높아진 것처럼 느껴졌어?"

"그건⋯⋯."

말문이 막혔다. 도와코 씨는 미소를 지으면서도 진지한 눈빛을 하고 있었다.

"다스쿠 씨도 마음속으로는 이미 알고 있을 거야. 그런 게 자신의 진정한 매력을 높여주진 않는다는 걸. 반대로 생각해보면, 다스쿠 씨에게 직업이 없다고 그 매력이 사라질 리도 없지 않을까?"

"그렇다 해도 고백은 할 수 없어요."

나는 참지 못하고 목소리를 높였다. 와인 잔 손잡이를 집은 손가락이 떨리고 있었다.

"아니, '나하고 사귀어줘' 같은 말을 무슨 염치로 하겠어요? 그건 원래 '나와 사귀면 네 일상이 더 멋지게 바뀔 거야'라는 어필이어야 한다고요. 하지만 저는 그렇지가 못해요. 저와 사귄다고 그 친구에게 조금이라도 좋은 일이 생길 것 같지가 않다고요. 하루미에게 부담이 될 바에는 차라리 사귀지 않는 편이 낫다는 생각밖에 안 드는데, 그런 마음으로 어떻게 고백을 하겠어요? 거절당하고 서로 어색해져서 친구로 지낼 수도 없게 될 바에는 지금의 관계를 유지하는 게 낫잖아요.”

“그렇게 극단적으로 생각할 필요는 없어. 행복해지기 위해 연애를 하는 건 사실이지만, 그렇다고 모두가 자길 행복하게 해줄 사람만 찾는 건 아니야.”

미라이가 연애 고수 같은 말을 했다. 하지만 내 귀에는 들어오지도 않았다.

“정말로 그 말이 안 나온다니까요. 그녀를 행복하게 해줄 수도 없으면서 무슨 자격으로 그런 말을 하냐는 생각밖에 안 들어요. 그러니 이제 그만 절 가만 놔두세요.”

두 사람은 한심하게 고집부리는 나를 보며 난처한 표정을 짓고 있었다.

이윽고 도와코 씨가 온화하게 말했다. “확실히 갑자기 고백하라는 건 조금 가혹했을지도 모르겠네.”

이제야 겨우 그걸 이해한 모양이다. 뭐, 좋은 의도로 한 일일 테니까 이번 일은 깨끗이 잊어버리고. 그렇게 생각하려는 찰나에 그녀의 다음 말이 이어졌다.

“그럼 다스쿠 씨에게는 더 간단한 일을 줄게.”

“어…… 또 일을 해야 하는 건가요?”

“당연하지. 술값을 아직 못 치렀잖아.”

그리고 도와코 씨는 당황하는 나를 향해 "맡겨만 둬"라는 의문의 말과 함께 자신의 가슴을 두드려 보였다.

7

이어진 금요일 밤, 시각은 밤 10시 반이었다. 나는 구스다 역 앞에서 다시 하루미와 만났다.

"몇 번이나 불러내서 미안. 그것도 이런 시간에……."

"상관은 없는데……. 다스쿠, 무슨 일이야? 역시 뭔가 중요한 이야기라도 있는 거 아냐?"

하루미는 역시 수상쩍어하는 눈치였다. 지금까지 한 달에 한두 번 정도만 만나다가 지난 8일 동안만 세 번이나 약속을 잡았으니 무리도 아니다. 게다가 오늘 밤은 친구와 식사 약속이 있다며 거절하는 것을 오늘이 아니면 안 된다며 매달렸던 것이다.

"잠깐 같이 가줬으면 하는 데가 있어서 그래. 정말 그게 다야."

내가 그렇게 강조하자 하루미는 미심쩍어하면서도 "알았어" 하고 대답했다.

하루미와 함께 바 태스크로 이어지는 계단을 내려가기 시작했다. 그녀는 주변을 두리번거렸다.

"이런 곳에 바가 있었다니, 전혀 몰랐어."

"1년 전쯤에 조용히 오픈했대. 위에 있는 쓰쿠모 서점에서 운영하는 곳이야."

지난번 도와코 씨가 내게 부과한 새로운 일은 '하루미를 태스크로 데려오는 것'이었다. 나와 하루미 사이의 거리를 좁힐 수 있게 도와주겠다는 것이다. 데려오기만 해도 일을 완수한 걸로 인정해준다고 했다.

"나도 최근에 찾아낸 이후로 가끔씩 오거든. 괜찮은 가게니까 하루미에게도 소개해주고 싶어서."

"다스쿠, 혼자서 바도 다니는구나. 조금 의외네."

"뭐, 뭐, 그렇지."

나는 민망한 마음을 진정시키며 태스크 안으로 들어갔다. 그러자 도와코 씨가 미소와 함께 맞아주었다.

"어서 오세요."

높은 스툴 의자에 하루미와 나란히 앉았다. 안쪽 자리에 사토나카가 있었지만 내가 여자를 데려온 것을 배려해서 모른 척해주고 있었다. 미라이는 오늘 밤 보이지 않았다.

"세련된 가게네."

태스크에 대한 하루미의 첫인상은 나쁘지 않은 것 같았다. 여자와 단둘이서 술집에 온 적이 거의 없었기에 상대방이 가게를 마음에 들어 한다는 것만으로도 어깨의 짐을 덜어낸 기분이었다.

"분위기 괜찮지? 주문해도 될까요?"

도와코 씨를 향해 손을 들어 보이자 그녀는 공손하게 미소 지었다.

"다스쿠 씨는 평소에 마시던 걸로 드리면 되겠죠?"

"평소에요?"

나는 반사적으로 되묻고 말았다. 다음 순간, 도와코 씨의 가늘게 뜬 눈에서 무언의 압박이 전해져왔다.

맞아, 도와코 씨는 날 도와준다고 했었지. 그렇다면 방금 전의 대사도 이 가게의 단골이라는 것을 보여주기 위한 것일 테다. 어떤 걸로 내줄지는 미리 듣지 못했지만 다행히도 내가 못 마실 만한 술은 특별히 없었다.

"네, 평소에 마시던 걸로. 하루미는?"

나는 평정심을 완전히 되찾으며 도와코 씨의 연출에 따랐다.

하루미는 약간 주눅 든 태도로 말했다. "난 바 같은 데는 거의 와본 적이 없어서 잘 모르겠어."

메뉴판을 달라고 할까? 하루미에게 그렇게 제안하려는 찰나에 도와코 씨가 끼어들었다.

"그러면 손님께는 다스쿠 씨가 미리 정해둔 추천 메뉴를 드리겠습니다."

"추천 메뉴?"

하루미가 내 얼굴을 들여다보았다.

"어, 어어. 내가 미리 생각해둔 술이 있거든. 어때?"

물론 난 추천 메뉴 같은 것을 정해둔 기억이 없었다. 하지만 나는 도와코 씨의 의도를 정확히 파악했다.

"추천 메뉴라니, 어떤 술인데?"

"그건 나올 때까지 비밀이야."

"흐음, 알았어. 그러면 다스쿠의 선택에 맡길게."

하루미가 고개를 끄덕이는 것을 보고 내심 가슴을 쓸어내렸다. 도와코 씨는 이미 술을 만들기 시작하고 있었다.

곧 두 잔의 술이 나왔다. 내 앞에는 긴 술잔에 든 오렌지색 칵테일이 놓였다. 하루미의 술은 투명한 갈색의 샷 칵테일이었다. 우리는 잔을 맞대지 않고 건배를 했다. 나는 오늘 처음 보는 그 술을 조심스레 마셔보았다.

"아, 맛있네."

나는 평소에 먹던 술이라는 설정을 까맣게 잊은 채 중얼거리고 말았다. 과일의 풍미가 입 안 가득 퍼지는 느낌이었다. 입에 닿는 느낌이 부드럽고 깔끔한 술이었다.

"그건 무슨 술이야?"

하루미는 자기 잔에 입을 대기 전에 내가 마시는 칵테일에 관심을 드러냈다. 하지만 내가 술 이름 따위를 알 리 없었다.

"이건 말이지……."

나는 한 모금 더 마신 다음에 대답할 것처럼 칵테일을 입에 머금은 채로 도와코 씨에게 도와달라는 눈빛을 보냈다. 그러자 그녀는 미소를 지으며 이름을 가르쳐주었다.

"섹스 온 더 비치입니다."

"컥."

순간적으로 사레가 들렸다. 눈물을 글썽이며 콜록거리는 내 등을 하루미의 손이 쓰다듬어주었다.

"괘, 괜찮아?"

"커헉, 갑자기 사레가 들려서……."

이런 상황에 하필 그런 이름의 술을 내줄 줄이야. 도와코 씨는 주눅 들기는커녕 한 건 해냈다는 듯이 이쪽을 향해 윙크를 해보였다.

"다스쿠, 항상 그런 걸 마시는구나……."

하루미의 표정은 경직되어 있었다. 나는 황급히 해명에 나섰다.

"아니, 이름은 좀 그래도 달콤하고 맛있어. 과일 향이 나거든. 그보다도 하루미 건 어때?"

그녀는 아직 자기 칵테일을 맛보지 않고 있었다. 하루미는 잔을 손에 들고 일단 가볍게 입에 대보더니 이내 쭉 들이켜며 감탄사를 내뱉었다.

"맛있어! 초콜릿 같은 맛이네."

묻기도 전에 도와코 씨가 이름을 가르쳐주었다. "그건 루시안이라는 칵테일입니다."

이번에는 평범한 이름이었기에 내심 안도했다. 알코올 도수는 높아 보였지만 하루미는 그 술이 마음에 들었는지 계속 마셔댔다.

"입맛에 맞아서 다행이야."

"응, 나 이거 너무 좋아. 추천해줘서 고마워."

나와 만나기 전에도 술을 마시고 온 하루미의 눈은 기분 탓인지 살짝 풀려 있어서, 나를 바라보는 눈빛에 가슴이 두근거렸다.

지금까지 유례가 없을 만큼 좋은 분위기였다. 섹스 어쩌고 했던 것을 만회하고도 남을 정도다. 도와코 씨에게 감사해야겠다. 섹스 어쩌고 하는 술도 맛은 좋았기에 나도 계속 마시긴 했다. 옆을 바라보자 하루미가 휴대폰을 조작하고 있었다.

"왜 그래?"

"응, 이 칵테일이 너무 맛있어서 뭐가 들었는지 찾아보려고…… 앗."

갑자기 하루미의 몸이 딱딱하게 굳었다. 뭔가가 이상하다. 나는 그녀의 휴대폰 화면을 옆에서 들여다보았다.

그녀가 보고 있던 것은 칵테일의 레시피가 실린 웹사이트였다. 루시안에 관한 항목에는 보드카, 진, 카카오 리큐르를 섞어 만든다는 내용이 소개되어 있었다. 그리고 그 옆에 루시안에 대한 해설문이 있었다.

알코올 도수가 높으면서도 입에 닿는 느낌이 부드러워서 여성을 취하게 만들기 위한 술로 일컬어집니다. 레이디 킬러로도 유명합니다.

"윽."

나는 하루미의 표정을 살폈다. 그녀는 눈썹을 꿈틀거리며 휴대폰 화면을 내 쪽으로 내밀었다.

"이게 대체 어떻게 된 거야? 루시안은 다스쿠의 추천 메뉴라고 했잖아."

도와코 씨, 대체 무슨 짓을 한 겁니까. 나는 저주라도 하고 싶은 심정이었다. 이 칵테일로 고백하기 쉬운 분위기를 만들어주려는 의도였을 테지만 이건 너무 노골적이라 제대로 역효과를 내고 있었다.

"아니, 그게 아니야. 이건 사정이……."

내가 허둥대며 변명하려 했지만 하루미는 들으려 하지 않았다.

"날 취하게 만들어서 어쩌려고 했어? 네가 마시는 칵테일 이름 같은 걸 생각한 거야? 처음부터 이상하다 싶었어, 요새 자주 봤으면서 갑자기 바에 데려가겠다고 날 불러내다니. 바텐더분도 한통속이었던 거지?"

"지, 진정해……."

하루미는 결연히 자리에서 일어났다.

"난 이런 식으로 사람 속이는 게 제일 싫어. 다스쿠한테 실망이야. 돌아갈게."

나는 입구를 향해 걸어가려는 하루미의 팔을 다급히 붙잡았다.

"기다리라니까. 다 오해야."

"변명해도 소용없어. 돌아가겠어."

"부탁이니까 이야기만이라도 좀 들어줘."

"싫어. 이거 놔."

"좋아해."

그 순간, 저항하던 하루미의 팔에서 힘이 빠져나갔다.

가게 안은 시간이 멈춰버린 것처럼 모두가 경직되었고, 상황과 어울리지 않는 밝은 올드팝이 BGM처럼 흐를 뿐이었다.

최악의 타이밍이라는 생각이 들었다. 하지만 이미 꺼낸 말을 주워 담을 수도 없었다.

여기서 멈출 수는 없다. 나는 중간에 몇 번이나 막히면서도 하루미에게 내 마음을 전부 털어놓았다.

"하루미를 좋아해. 옛날부터 멋지다고 생각해왔고, 일을 그만둔 날 위로해준 것도 너무 고마워서……. 사흘 전에도 그 말을 하려고 불러냈는데, 도저히 말이 나오지 않았어. 그래서 이 가게 주인에게 고민을 이야기했더니 도와줄 테니까 데려오라고 하잖아. 그게 이런 방법일 줄은 나도 전혀 몰랐어. 정말로 미안해."

"그랬……구나."

하루미는 의자에 털썩 앉았다. 진부하긴 하지만, 실이

끊어진 꼭두각시 인형 같다는 표현이 잘 어울리는 동작이었다.

숨 막히는 공기가 주위를 가득 메웠다.

나는 억지로 비집듯이 입을 열었다. "나 같은 녀석한테 고백을 받아도 곤란할 뿐이겠지."

"아냐, 그렇지 않아. 기뻐." 하루미는 고개를 가로젓더니 조용히 말했다. "하지만…… 미안해."

순간, 아무것도 없던 시커먼 공간 안에서 내 의식만이 서서히 떠오르는 것 같은 느낌이 들었다. 살짝이라도 닿으면 다칠 듯한 화살처럼 하루미의 말이 빠르게 날아들었다.

"나야말로 좋아하는 마음을 받을 만한 사람이 아냐."

대체 무슨 말일까? 그녀의 목소리는 울먹거리고 있었다.

"사실은 있지, 나도 요즘 직장에서 일이 잘 안 풀려서 힘들거든."

그 한마디가 무겁게 다가왔다. 지금까지는 그런 티가 조금도 나지 않았기 때문이었다. 그녀가 어떤 상황에 놓였는지도 모르고 혼자서 약한 소리만 하던 나는 얼마나 철이 없었단 말인가.

"지고 싶지 않아서 지금도 필사적으로 노력하고 있어. 하지만 무너져버릴 것 같은 날도 있거든. 그럴 때 다스쿠

와 만나면 말이지, 자신감을 되찾을 수 있었어. 난 아직 이 정도로 나빠지진 않았다고, 아직 도망치진 않았다고, 아직은 괜찮다고. 다스쿠를 위로하는 척하면서 속으로는 우월감에 젖어 있었던 거야. 그런 식으로 나 자신을 위로했던 거라고." 그러곤 중얼거리듯 덧붙였다. "최악이지?"

"다스쿠가 나한테 마음이 있다는 것도 어렴풋이 느끼고 있었어. 그런데도 나를 향한 호감이나 동경심조차도 자신감을 되찾기 위한 도구로 이용했던 거야. 그래서 지난번에 다스쿠가 나처럼 현청 직원이 되어볼까 하는 이야기를 꺼냈을 때는 일부러 찬물 끼얹는 소리를 했어. 혹시라도 합격하면 내가 직장에서 힘들어하는 걸 들킬 테니까…… 아니, 또 있었어. 대등한 관계가 되면 더 이상 다스쿠를 통해 자신감을 되찾을 수 없게 되니까."

그랬구나. 하루미는 나를 그런 식으로 생각했던 거구나.

"이런 식의 관계는 좋지 않다고 생각했어. 하지만 그만둘 수 없었어. 우리는 절대 사귀면 안 돼. 서로 점점 더 망가져갈 거야. 뭐, 그 이전에 다스쿠도 이걸로 나한테 정나미가 떨어졌을 테지만."

"그렇지…… 않아."

공허하게 울리는 말이었다. 내 본심이 어떤지는 스스로

도 알 수 없었다.

하루미가 자리에서 일어났다. "돌아갈게. 우리 이제 당분간 만나지 말자. 언젠가 상황이 바뀌고 추한 감정 없이 만날 수 있게 되면…… 그때 다시 한잔해."

지갑을 꺼내려는 하루미에게 도와코 씨가 "술값은 이미 계산하셨어요"라며 괜찮다는 손짓을 했다. 하루미는 고개를 살짝 숙여 인사하고 나를 흘깃 쳐다본 뒤에 가게를 나가버렸다.

모두가 아무 말도 하지 않았다. 경박해 보이던 사토나카조차 그 자리에 있기가 거북하다는 듯이 위스키를 홀짝거리며 침묵으로 일관하고 있었다. 다른 손님이 들어오지 않았다면 몇 시간이고 그러고 있었을지도 모른다.

"어떻게 됐어? 다스쿠 씨 일 말이야."

문이 열리는 것과 동시에 여자 목소리가 들려왔다. 그리고 미라이가 모습을 드러냈다.

나는 웃어 보이거나 인사를 할 여유조차 없었다. 미라이는 분위기를 파악했는지 입을 다물었다. 그녀가 빈 의자에 앉고 나서야 도와코 씨가 침묵을 깨뜨렸다.

"다스쿠 씨, 미안해. 이렇게 되어버려서."

"아뇨, 괜찮습니다. 제 나름대론 만족하고 있으니까요."

거짓이 아니었기에 자연스레 흘러나오는 말이었다. 도와코 씨는 고개를 갸웃거렸다.

"만족한다고?"

"도와코 씨의 계획이 없었다면 아마 오늘도 하루미에게 진심을 전하지 못했을 거예요. 하지만 어떤 형태였든 저는 좋아한다는 말을 제대로 할 수 있었잖아요."

차일 거라는 건 각오하고 있었지만 그 뒤로는 전혀 상상하지 못한 전개가 기다리고 있었다. 나는 하루미의 토로를 듣고 나서야 우리 둘의 일그러진 관계를 미리 깨닫고 그것을 고쳐나가야 했다는 것을 깨달았다. 내 고백은 실패로 끝났지만 전혀 의미 없는 일은 아니었다.

"이런 저도 고백할 수 있었잖아요. 덕분에 큰 자신감을 얻었어요. 그래서 오늘 이 일을 지시하신 도와코 씨에게는 진심으로 감사하고 있어요. 고맙습니다. 하지만……."

카운터 위로 물방울이 툭 떨어졌다.

"잠깐만 울어도 괜찮을까요?"

태어나서 처음으로 맛보는 감정이었다. 쓸쓸함과 비참함, 자부심과 충만감이 서로 충돌하지 않은 채 공존하고 있었다.

일 때문에 고민하고 힘들어했던 것은 나 혼자만이 아니

었다. 하루미 역시 필사적으로 몸부림치면서도 계속 살아가기 위해 나를 이용하고 있었던 것이다. 그렇게 생각하니 기분이 나쁘지는 않았다. 내가 못난 덕분에 좋아하는 사람에게 도움이 되었다면 말이다.

"수고 많았어. 얼마나 노력했는지 알아."

도와코 씨가 새로운 술을 만들어주었다. 입에 대자마자 기침이 나올 만큼 강하고, 전에 마신 술맛이 잊힐 만큼 진하면서도 왠지 모르게 그립게 느껴지는 달콤함이 있었다. 이것도 보수에 포함되는 모양이다.

부과받은 일을 확실히 끝냈다. 좋아하는 사람에게 내가 도움이 되었다는 것도 알게 되었다.

이런 나라도 무능하다는 말을 듣지 않을 수 있는 장소가 이 세상 어딘가에는 존재할지도 모르겠다.

8

꿈속에서 도망치는 걸 멈추자 얼굴 없는 사람도 더 이상 뒤쫓아오지 않았다. 멀어지는 뒷모습을 바라보다 문득 저건 하루미였구나 하는 생각이 들자 왈칵 눈물이 났다.

토요일 아침 현관에서 스니커즈 끈을 묶고 있는데, 어머니가 말을 건넸다.

"다스쿠, 어디 가니?"

퉁퉁 부은 눈을 보이기 싫었던 나는 뒤돌아보지 않고 대답했다.

"아르바이트, 오늘부터 나가기로 했어."

어젯밤 바 태스크에서 내가 한바탕 울다 그치는 것을 기다렸다가 도와코 씨가 이런 제안을 했다.

"하고 싶은 일을 찾을 때까지 우리 서점에서 일하면 어때? 요새 일손이 부족하거든."

"아르바이트…… 말인가요. 제가 할 수 있을까요?"

내가 눈가를 비비며 묻자 도와코 씨는 한숨을 내쉬었다.

"안 되겠다 싶으면 그만둬도 돼. 아르바이트니까 책임감을 갖거나 심각하게 생각할 필요는 없어. 물론 면접 같은 일로 휴가가 필요할 때는 나한테 언제든지 말하고."

고용주가 이 정도로 편의를 봐준다면 나로서는 거절할 이유가 없었다. 하지만 이렇게까지 신세를 져도 되는 걸까?

너무나 좋은 조건이었기에 오히려 대답이 망설여졌다. 그러자 사토나카가 옆에 다가와서 내게 귀띔을 했다.

"태스크라는 이름에는 사실 또 하나의 의미가 있다네."

"'더하기 9'와 '일' 외에 말인가요?"

"전에 들은 적이 있거든. 도와코 씨는 '하늘은 스스로 돕는 자를 돕는다'라는 말을 신조로 삼고 있다던데."

Heaven helps those who help themselves. 새뮤얼 스마일스의 『자조론』에 등장하는 문구가 일본어로 번역되면서 널리 퍼진 말이라고 사토나카는 설명했다.

"태스크에는 '다스케루(助ける, '돕는다'는 뜻의 일본어-옮긴이)'라는 의미도 담겨 있었던 거군요."

"맞아. 하지만 이 세상에는 스스로를 어떻게 도와야 할지 모르는 사람이 잔뜩 있지. 바로 지금의 다스쿠 군처럼 말일세. 도와코 씨는 그런 사람에게 스스로를 돕기 위한 '일'을 주는 거야."

나는 도와코 씨의 얼굴을 유심히 바라보았다.

신기한 사람이었다. 그녀의 말대로 행동한 덕분에 나도 조금은 스스로를 돕게 되었다. 아주 조금이나마 자신감을 되찾을 수 있었다. 그리고 또 한 번 그녀가 내주는 일을 하고 싶다는 생각도 들었다.

도와코 씨는 나의 망설임을 없애주려는 듯이 미소를 지으며 말했다. "우리 가게에서 일하는 게 불안해? 괜찮아.

뭘 어떻게 해야 좋을지 모르겠다는 생각도 못 할 만큼 내가 바쁘게 부려먹을 테니까."

무서운 말이었다. 나도 모르게 도망치고 싶어졌지만, 그래도 나는 스스로를 격려하며 도와코 씨를 향해 고개를 숙였다.

"고용해주세요. 열심히 일하겠습니다."

그리고 이튿날인 오늘부터 첫 출근을 하고 있는 것이다.

"아르바이트라니, 어디서?"

어머니의 목소리에는 미묘한 감정이 담겨 있었다. 이제야 일을 다시 시작한다는 안도감과 새로운 직장이 어떤 곳인지에 대한 걱정이 절반씩 섞여 있는 것이리라.

"지난번에 이야기했던 쓰쿠모 서점이야. 그 가게 주인에게 일하지 않겠냐는 제안을 받았거든. 어쩌면 밤에도 일하게 될지 몰라."

나는 어머니의 부정적인 의견을 듣고 싶지 않아서 그대로 밖으로 나가려고 했다. 하지만 어머니는 예상치 못한 강한 어조로 나를 불러 세웠다.

"다스쿠."

나는 문을 반쯤 열다 말고 움직임을 멈추었다. 뒤를 돌아보자 어머니는 나를 정면으로 바라보며 말씀하셨다.

"열심히 하렴."

어머니의 따뜻한 미소를 보며 나도 살짝 미소를 짓고 대답했다.

"응. 다녀올게."

하늘은 오늘도 맑았다.

쓰쿠모 서점의 오픈 시간은 10시였다. 도와코 씨는 그보다 한 시간 전인 9시까지 가게에 와달라고 했다.

역 앞에서 서점으로 이어지는 좁은 길로 들어서려는 찰나에 나는 개찰구 쪽에서 의외의 광경을 목격했다.

하루미가 있었다. 하지만 옆에 있는 사람과 즐겁게 수다를 떠느라 나를 발견하진 못한 듯했다. 관계가 끝장나자마자 우연히 마주치다니, 이게 무슨 얄궂은 일인지 모르겠다. 밝은 햇살 아래서 그녀를 보고 있자니 어젯밤 일이 전부 꿈이었던 것 같다.

하루미는 휴일에도 아침부터 외출했나 보다. 그건 별로 특이할 게 없었다. 문제는 하루미와 수다를 떨고 있는 상대였다.

캐주얼한 복장으로 밝게 웃는 모습이 바 태스크에서 봤을 때와는 전혀 다른 사람 같았지만 틀림없었다. 하루미의 옆에 있는 사람은 도야마 미라이였다.

"아아, 들켜버렸네."

느릿한 목소리가 들리자 나는 뒤를 돌아보았다. 도와코 씨가 개찰구 쪽을 바라보며 쓴웃음을 짓고 있었다.

"저 두 사람, 아는 사이였어요?"

놀란 내게 도와코 씨가 사정을 설명해주었다.

"다스쿠 씨가 처음 태스크에 온 날 밤 기억해? 친구에 대한 화제가 나왔을 때 미라이가 그 친구의 이름을 물어봤었잖아."

그러고 보니 그런 일도 있었던가. 그때는 별 이상한 걸 물어본다 싶었다.

"그 뒤, 다스쿠 씨가 화장실에 가 있는 동안에 미라이가 가르쳐줬거든. 다스쿠 씨의 이야기를 듣고 왠지 모르게 익숙하다 싶었는데 바로 자기 친구인 것 같다고. 미라이하고 하루미 씨는 원래 아르바이트 동료였다나 봐."

태스크의 단골인 이상 미라이 역시 구스다 역 근처에서 살고 있을 것이다. 한동네에 사는 두 사람이 어디선가 만나서 친해질 가능성은 충분히 있었다.

"그 두 사람은 뭐든 편하게 이야기하는 사이래. 어젯밤 하루미 씨가 다스쿠 씨에게 털어놓았던 이야기도 미라이는 예전부터 알고 있었나 봐. 일이 힘들어지면 자기도 모르게 친구를 이용하고, 그러면 안 된다는 걸 알면서도 그만둘 수 없다고. 그래, 꽤 힘들어하면서 이야기했대."

"그러면 저한테 고백하라고 시킨 건 설마……."

도와코 씨는 겸연쩍은 표정을 지었다. "물론 다스쿠 씨를 위해서였지만 동시에 하루미 씨를 위한 일이기도 했어. 그녀는 고백까지 받고 친구를 이용할 수 있는 사람이 아니라고 미라이가 말했거든. 난 그 말이 맞는다면 다스쿠 씨의 고백이 서로에게 좋은 결과를 가져다줄 거라고 판단한 거야."

"그렇다면 그냥 미리 알려주셔도 좋았을 텐데요."

"어머, 그건 안 되지." 도와코 씨는 검지를 세워 흔들어 보였다. "다스쿠 씨의 진지한 고백이 아니었다면 하루미 씨도 다스쿠 씨와 똑바로 마주하려 하지 않았을 거야. 상대방을 위해 물러나는 게 낫다는 비겁한 생각이 조금이라도 섞여 있었다면 모든 게 어중간하게 끝나버렸겠지."

그랬던 걸까. 뭐, 그럴지도 모르겠다.

"화났어? 우리 가게에서 일하는 거, 역시 그만둘래?" 도와코 씨는 떠보듯이 물었다.

나는 고개를 가로저었다. "솔직히 말해 그런 식으로 속이는 방법은 찬성할 수 없습니다. 하지만 그래도 도와코 씨가 시킨 일을 완수하길 잘했다는 생각은 변함이 없네요. 처음 만난 저는 물론이고 하루미까지 생각해주셔서 고맙습니다."

그런 도와코 씨 밑에서 일하며 조금이라도 긍정적인 성격으로 바꿔나갈 수 있다면 좋을 것이다. 스스로를 돕기 위한 '일'을 그녀가 함께 고민해준다면 가능할 것도 같다.

"제게 일을 주세요. 도와코 씨가 주는 일에 좀 더 몰두해보고 싶어요."

도와코 씨는 기쁘게, 밝은 햇살을 반사하듯이 웃었다.

"그럼 잘 부탁해. 다스쿠 씨." 그리고 그녀는 발걸음을 돌려 서점을 향해 걸어가며 말했다. "맨 먼저 잡지꽂이를 밖으로 꺼내고, 10시에 가게 문을 열 때까지 지하 창고에 있는 상자를 전부 매장으로 옮겨줘. 아르바이트 첫날이니까 상품을 책장에 진열하는 건 아직 내가 해야 할 거야. 상자는…… 그래, 대략 열 개 정도였던 것 같은데……."

"자, 잠깐만요. 그렇게 한꺼번에 이야기하시면……."

"상자가 꽤 무거운데, 허리 나갈걸?"

"그만하세요, 협박은."

못난 자신을 바꿀 수 있을 만큼 멋진 일을 주는 사람. 지금까지는 그런 식으로만 생각했지만, 어쩌면 단순히 남을 가혹하게 부려먹는 사람일지도 모르겠다.

쓰쿠모 서점의 유리문을 열고 부지런하게 오픈 준비를 시작하는 도와코 씨를 바라보면서 나는 빠르게 인식을 바꾸고 있었다.

2ND TASK

『사육』

1

반려동물이 집을 나가버렸어요, 하고 그녀는 말했다.

서점의 책을 서서 읽으며 눈물을 펑펑 흘리는 여성이 있었다. 나는 점원으로서 말을 걸지 않을 수 없었다. 손님, 무슨 일 있으신가요? 몸이 어디 안 좋으세요?

그녀는 고개를 가로저으며 반려동물이 집을 나갔다고 설명했다. 자세히 보니 손에 들고 있는 건 동물을 키우는 방법에 대해 다룬 책이었다. 특정한 동물에 관해 자세히 설명하는 게 아니라 다양한 동물의 사육법을 조금씩 소개하는 유형의 책이었다.

"그것참 안되셨네요. 빨리 찾으시길 바랍니다. 그런데 무슨 동물을 기르셨나요? 강아지? 아니면 고양이?"

계속 울면 내 입장이 난처해질 것 같았기에, 나는 그녀의 관심을 돌리기 위한 대화를 시도했다. 이런 것도 업무에 포함되는 걸까? 아르바이트 중에 일은 안 하고 여자 손님과 잡담을 나누는 걸로 보이면 안 되는데 말이다.

어려운 질문은 아닐 거라 생각했지만 손님은 갑자기 난처해하며 "아……", "그게……" 같은 의미 없는 말로 뜸을 들였다. 망설임 끝에 쥐어 짜낸 대답을 내가 한번에 알아듣지 못했던 것은 아마 그녀의 작은 목소리 때문만은 아닐 것이다.

여자 손님은 부끄러운 듯 눈을 내리깔며 대답했다.

사람인데요, 라고.

2

"……어디선가 들어본 이야기네."

도와코 씨는 한 손으로 턱을 만지작거리며 반대쪽 손에 팔꿈치를 괸 자세로 중얼거렸다.

구스다는 특별히 발전하지도 않았지만 쇠퇴하지도 않은 전형적인 베드타운이었다. 구스다 역 근처의 좁은 골목에 옛날부터 자리하던 쓰쿠모 서점은 불과 1년 전까지도 흔한 동네 책방에 불과했지만 쓰쿠모 도와코 씨가 물려받은 이후 다소 개성적인 가게로 변모했다. 올해 2월에 직장을 관둔 내가 현재 아르바이트를 하는 곳이기도 했다.

그런 쓰쿠모 서점 지하에는 비밀 바가 있다. 비밀 바라고 해서 완전 회원제로 운영하거나 처음 온 손님을 들여보내지 않는 것은 아니었다. 1년 전쯤에 도와코 씨가 서점을 이어받았을 때 이 바도 함께 열었지만 입구 쪽에 간판을 놓아두거나 광고에 힘을 쓰지 않은 결과, 아는 사람만 아는 숨겨진 가게가 되어버린 것뿐이다. 참고로 가게 이름이 조금 특이한데, 바 태스크였다. 일을 마치고 쉬러 오는 바의 이름이 '일(태스크)'이라는 게 아이러니하다.

쓰쿠모 서점의 아르바이트생인 내가 그곳에서 일한 만큼 시급을 받는 건 당연했다. 한편 오늘 밤처럼 지하의 바 태스크에서 마시는 술도 도와코 씨에게 받는 보수 중 하나여서 술값을 지불한 적은 없었다. 하지만 내가 주점 일을 돕는 것은 아니었다. 태스크는 카운터만으로 이루어진 좁은 가게라 도와코 씨 혼자서 일해도 충분하기 때문이었다.

그렇다면 이 술은 대체 뭐냐고 묻는다면, 도와코 씨가 가끔 내게 맡기는 기묘한 '일'에 대한 보수였다. 나는 그 일을 완수하는 대가로 아르바이트 수입으로는 꿈도 못 꿀 맛있는 술을 마실 수 있었다.

그건 그렇고, 우리는 오늘 밤 이 고급스러운 바 태스크에서 쓰쿠모 서점을 찾아온 한 손님에 관해 이야기하고 있었다. 울면서 사람을 기르고 있다고 이야기한 수수께끼의 여성에 관해서였다.

"어디선가 들어봤다고요?"

내 질문에 도와코 씨는 카운터 반대쪽에서 끙끙거렸다.

"어디선가 읽었던 걸 수도 있고. 사람을 기른다는 이야기가 낯설지가 않거든."

"혹시 『너는 펫』 아닌가요?"

"『너는 펫』?"

도와코 씨는 고개를 기울인 방향을 오른쪽에서 왼쪽으로 바꾸었다.

"순정만화예요. 작가는 오가와 야요이 씨죠. 드라마로도 만들어진 유명한 작품이라 모르는 사람이 거의 없을걸요."

도와코 씨가 고향으로 돌아와 쓰쿠모 서점의 점장을 맡기까지 어디서 어떤 인생을 보냈는지에 대해 나는 들은 것

이 없다. 만화책을 직접 읽거나 판매한 적이 없다면 『너는
펫』이 만화라는 것을 잘 모를 수도 있지만 작품 자체를 모
른다는 게 놀라웠다.

"저기, 그게 무슨 만화인데?"

그때 도야마 미라이가 끼어들었다. 태스크의 단골손님
으로 오늘도 안쪽 카운터석에서 길고 날씬한 다리를 꼬고
있었다. 은근히 섹시한 외모에 나한테는 늘 함부로 대하지
만 나보다 어린 스물세 살이었다. 맛보다는 모양을 보고
술을 고르는 성격이라 지금도 스카이다이빙이라는 이름의
투명한 푸른빛 샷 칵테일을 마시고 있다.

"제목 그대로 커리어 우먼이 연하의 남자를 반려동물로
기르는 내용의 이야기예요. 로맨틱코미디라고 보시면 될
것 같네요."

"다스쿠 씨는 만화에 대해 잘 아는구나." 도와코 씨가 말
했다.

"네, 조금은……. 독서량이야 여러분의 발끝에도 미치지
못하지만요."

서점의 지하 바답게 태스크의 단골손님 중에는 책을 좋
아하는 이들이 많았다. 예를 들어 미라이는 일본 여성 작
가들의 작품을 골고루 사랑하고, 오늘은 없지만 사토나카

준노스케라는 아저씨는 근대 문학이라면 사족을 못 쓴다.

"그렇겠지. 사람에게 뭔가 하나씩은 장점이 있는 법이니까."

도와코 씨가 느긋하게 말했지만 그게 칭찬인지는 잘 모르겠다. 그녀는 오늘도 잔에 든 우유 같은 것을 홀짝거리고 있었다.

"그래서 다스쿠 씨는 그 여자 손님을 태스크로 부른 거구나."

나는 미라이의 질문에 마시던 섹스 온 더 비치를 카운터 위에 내려놓으며 고개를 끄덕였다. 이 칵테일은 최근에 도와코 씨가 태스크에서 내 얼굴을 볼 때마다 만들어주곤 했다. 한 달 전쯤에 벌어진 일과 관련된 일종의 심술이었지만 산뜻한 풍미가 좋아서 군말 없이 마시고 있었다.

"뭐랄까, 제가 감당하기는 힘들 것 같아서요. 그렇다고 그냥 외면할 수도 없잖아요."

"그때 난 가게를 비우고 있었다면서."

"꽤나 요령 있게 일 처리를 하게 됐네. 언제 그렇게 익숙해진 거야?"

미라이의 이 말은 일을 못해서 직장을 관둔 나를 놀리려는 의도였다. 서점 아르바이트를 시작한 지 아직 한 달

밖에 안 됐고 도와코 씨가 꼼꼼히 가르쳐준 덕분에 간신히 해나가는 정도일 뿐, 익숙해졌다고 말하긴 어려웠다. 그런 주제에 손님을 태스크로 불러낸 것이 확실히 대담한 행동이긴 했나 보다.

"어쩔 수 없잖아요. 다른 방법이 있는 것도 아니고요. 고민을 털어놓으면 조금은 기분이 나아질지도 모른다고 제안해본 건데, 그 손님은 당장 오늘 밤이라도 오고 싶다고 했으니까 아마 곧 나타날 겁니다."

호랑이도 제 말하면 온다고 했던가. 갑자기 공기가 쏠리는 느낌이 나며 태스크의 입구가 열렸다.

꽃무늬 원피스와 데님 재킷은 낮에 보았던 것과 똑같았다. 나이는 나와 도와코 씨의 딱 중간, 서른 전후로 보였다. 그녀는 어둑어둑한 가게 안에서 내 얼굴을 발견하고는 긴장이 풀린 듯이 미소 지었다.

"다행이다. 여기가 맞았네요."

근처에 헷갈릴 만한 가게는 없었지만 바 태스크에 오려면 쓰쿠모 서점 옆에 밤에만 나타나는 좁은 계단을 내려와야 하기 때문에 첫 방문 시에는 나름대로의 용기가 필요했다. 그녀가 안도하는 것도 무리는 아닐 것이다.

그녀는 내 옆자리에 와서 앉았다. 낮에는 우는 얼굴밖에 보지 못했지만 미소를 짓자 꽤 선량해 보이는 인상이었다. 나도 그런 느낌을 어렴풋이 받았기에 사람을 기른다는 요상한 말을 듣고서도 경계하지 않고 여기에 초대한 것이다.

"뭘로 드릴까요?"

그녀는 도와코 씨의 질문에 조금 고민하다 칼루아 밀크라고 대답했다.

"술을 잘 못하시나요?" 나는 물었다.

칼루아 밀크는 그런 사람들이 마시는 칵테일이라는 인식이 있기 때문이다.

"체질적으로는 그럭저럭 몸에 받지만 알코올 맛을 별로 좋아하지 않아서, 항상 주스 같은 것만 마시게 되더라고요."

"그렇군요. 저희에게 맞추려고 억지로 마시는 게 아니라면 다행입니다."

이야기를 나누는 동안 도와코 씨는 얼음이 든 잔에 커피 리큐르와 우유를 따르고 바 스푼으로 저어 칼루아 밀크를 만들었다. 그리고 미라이까지 네 명이서 환영을 겸한 건배를 했다.

"제가 초대하긴 했지만 용케 오셨네요."

내가 먼저 말하자 그녀가 몸을 살짝 움츠렸다.

"반려동물이 사라진 뒤로 매일 외로워서요. 벌써 한 달이나 지났는데…….”

그녀가 서점에서 반려동물 책을 읽고 있던 건 도망친 원인을 찾기 위해서였다고 한다. 자기가 뭔가 싫어할 만한 행동이라도 했나 싶어서 마음고생을 했던 모양이다.

“그 반려동물이 사람이라고 하셨죠?”

“네. 저보다 두 살 많은 남자였어요.”

연상, 그것도 남성이라. 우리 사이에서 뭐라 말하기 힘든 분위기가 흘렀다. 뭐, 그중에서도 도와코 씨만큼은 명백하게 즐거워하는 눈치였지만 말이다.

여자 손님은 분위기를 읽었는지 쓴웃음을 지었다.

“특이하다고 생각하시겠죠. 저도 다른 사람한테 이런 이야기를 들으면 놀랄 거예요.”

하지만 우린 잘 해나가고 있었어요. 그렇게 덧붙이는 그녀는 자랑스러워하는 것 같으면서도 무척 슬픈 표정을 짓고 있었다.

“그런데 이름이 어떻게 되나요?” 도와코 씨가 물었다.

여자 손님은 눈가를 손가락 마디로 문질렀다.

“아직 제 소개를 하지 않았네요. 저는 니즈마 마유카라고 합니다.”

“반려동물 쪽은요?”

"다로라고 불렀어요."

다로라……. 본명일 수도 있지만 반려동물의 애칭으로도 쓰일 만한 어중간한 이름이었다.

그때 이 중에서 가장 어린 미라이가 더 이상 못 참겠다는 듯이 입을 열었다.

"저기, 그건 결국 남자친구하고 동거했다는 얘기 아냐?"

그녀의 건방진 태도는 누구 앞에서든 큰 차이가 없는 모양이다. 다행히 마유카는 별로 기분 나빠하지 않는 것 같았다.

"아니요, 다로는 남자친구가 아니었어요. 어디까지나 반려동물이었죠."

"그러면 남자친구가 따로 있었어?"

"다로와 지낸 3년 동안, 제게 애인이라 부를 만한 사람은 없었어요."

"마유카 씨, 연애 대상은 남자였어?"

"한때는 남성분과 사귀었던 적도 있었답니다."

남성분……이라. 종잡을 수 없는 사람이라고 생각했을 때 미라이가 결론을 내렸다.

"아무리 들어봐도 남자친구하고 동거한 거랑 뭐가 다른지 모르겠는데."

그러자 마유카의 표정에 그림자가 드리웠다.

"역시 이해 못 하시겠죠. 조금 특이한 생활이었다는 건 저도 자각하고 있었으니까요."

그러고는 칼루아 밀크를 벌컥벌컥 마셨다. 홧김에 들이켜는 걸로밖에 보이지 않았다.

나는 당황했다. 기분이 나아질지도 모른다는 말로 초대해놓고 이건 완전히 역효과가 아닌가. 도와코 씨도 모처럼 찾아온 새 고객에게 불쾌감만 안긴 채 보낼 수는 없었는지, 미라이에게 잠깐만 조용히 해달라고 눈치를 주었다.

이럴 때의 도와코 씨는 박력이 넘친다. 미라이가 목을 움츠리는 걸 확인한 뒤에 나는 마유카의 관심을 다른 데로 돌리려 했다.

"괜찮다면 알려주시겠어요? 어떤 점에서 일반적인 동거와 달랐는지, 저희도 충분히 이해할 수 있게요."

마유카가 침착한 미소를 되찾는 것을 보고 나는 가슴을 쓸어내렸다.

"그러면 거기 있는 여성분에게 물을게요."

마유카가 미라이를 바라보았다. 남성분에 이어 이번에는 여성분인가 보다.

"혹시 애인과 동거해본 경험이 있으신가요?"

개인사에 관한 당돌한 질문이었지만 미라이는 당황하면서도 대답했다.

"있어. 길진 않았지만."

"그때 남자친구분과 싸우지는 않으셨나요?"

미라이는 벌레라도 씹은 것처럼 얼굴을 찡그렸다.

"그야 뭐, 늘 싸웠는데."

마유카가 가진 독특한 분위기에 휩쓸려서 미라이의 본성이 조금씩 파헤쳐지는 듯했다.

"무엇 때문에 싸우셨는데요?"

"그 자식, 집안일에는 아예 손도 안 대잖아. 내가 감기에 걸렸을 때는 죽이라도 끓여주기는커녕, 집에 먹을 게 없다면서 술을 마시러 나가버렸어. 그러면서 집세나 생활비는 서로 절반씩 냈지. 아무리 생각해도 그건 아닌 것 같아서 짜증이 났어."

"이해해요. 저도 같은 상황이었다면 화가 났을 거예요."

"그치? 그치?"

미라이가 대화에 흥미를 보이자 마유카는 정색하며 말을 이었다.

"그런데 전 다로와 동거할 때 돈을 한 푼도 받은 적이 없었답니다."

"앗."

"게다가 집안일은 전부 저 혼자서 다 했어요. 식사 준비도, 청소도, 빨래까지 전부요."

나는 당황해서 아무 말도 하지 못했다. 미라이는 외계인이라도 목격한 것처럼 몸을 부르르 떨고 있었다.

"어…… 어째서 그렇게까지 한 거야?"

"그야 반려동물이니까요."

그게 마유카의 대답이었다.

"미라이 씨는 반려동물에게 집안일을 해주길 기대하나요? 반려동물에게서 양육비를 달라고 할 건가요?"

"그야…… 안 할 테지만……."

"그러면 애인과 다르다는 걸 이제 이해하셨겠네요."

마유카는 빙긋 웃고 있었다.

나는 이 단계에서 내 나름대로 마유카와 다로의 관계를 네 글자의 단어로 정의 내렸다. 그것이 반려동물보다는 적합한 표현인 듯했지만 조롱처럼 들릴 것 같았기에 일단 입 밖에는 내지 않기로 했다.

한편 미라이는 조금이라도 이해하기는커녕 오히려 혼란에 빠진 모양이었다.

그녀가 마유카의 얼굴을 가리키며 말했다. "그래도 섹스는 했을 거 아냐!"

"어머, 미라이도 참. 교양 없게."

도와코 씨가 입으로는 그렇게 나무랐지만 지금 상황을 즐거워하는 게 뻔히 보였다.

"안 했답니다. 미라이 씨도 반려동물에게 성욕을 품진 않을 거 아니에요?"

마유카가 태연히 말하자 미라이는 오히려 흥분하고 말았다.

"그러면 뽀뽀는? 뽀뽀도 안 했어?"

"그 정도는 하죠. 하지만 주인이 강아지와 입을 맞추는 건 일반적인 일 아닌가요?"

상쾌한 논파였다. 미라이는 반박할 밑천이 바닥났는지 크윽 하고 신음한 뒤에 스카이다이빙을 단숨에 들이켰다. 그런 식으로 마실 만한 술이 아닌데 말이다.

한편 나는 방금 전 머릿속에서 떠오른 정의와 관련해서 궁금한 부분이 있었다.

"저기, 다로 씨는……."

"다로라고 부르셔도 괜찮아요. 반려동물이니까요."

"그럴 수야 없죠. 그 남자분이 저희에게도 반려동물인 건 아니잖아요."

마유카는 잠깐 동안 생각을 하더니 대답했다. "그것도 그러네요."

"다로 씨에게는 직업이 있었나요?"

"일을 했겠어? 반려동물인걸요."

미라이가 빈 술잔을 흔들며 마유카 씨의 말투를 흉내 냈다. 그리고 내가 차마 입 밖에 내지 못했던 네 글자의 단어를 대신 말해주었다.

"마유카 씨는 반려동물이라고 주장하지만, 세상에선 그런 남자를 흔히 기둥서방이라고 부른다구."

"다로에겐 어엿한 직장이 있었어요. 회사원이었답니다."

미라이는 이번에야말로 입이 다물어지지 않는 듯했다.

"반려동물에게도 할 수 있는 일이 있어요. 강아지는 재주를 부리고, 앵무새는 목소리를 흉내 내죠. 다로의 일은 사람들에게 물건을 배달하는 것이었어요."

"사람 외에도 검은 고양이나 캥거루가 있는 업계(검은 고양이와 캥거루는 일본 택배 회사의 상표로 쓰이는 대표적인 동물들이다 - 옮긴이)를 말하는 거군요."

도와코 씨는 바로 이해한 듯했다.

"그 사람에겐 충분한 수입이 있었어요. 절대 제게 빌붙기 위해 우리 집에 들어온 건 아닌 셈이죠. 그러니까 기둥서방과는 다르답니다. 오히려 그 사람이 먼저 돈을 내려 했지만, 그건 반려동물의 역할이 아니라는 이유로 제가 거절했어요."

마유카에게도 나름대로의 기준 같은 것이 있는 듯했다. 나에게 특이하게만 보였던 그녀의 이미지가 그 말로 인해 조금은 바뀌었다. 역할을 정하고 규칙을 지키며 타인과의 관계를 구축해나가는 것이야말로 인간다운 생활이라고 생각해왔기 때문이었다. 분명 두 사람에게는 그럴 만한 사정이 있었으리라.

"그런 다로가 한 달 전에 집을 나간 거네요."

도와코 씨는 그렇게 말하며 미라이의 술을 만들기 위해 셰이커를 흔들었다.

그러자 마유카가 눈물을 글썽였다. "네. 무척 잘 지내왔다고 생각했는데, 갑자기 집에 돌아오지 않았답니다. 짐이 사라진 걸 보면 자기 의지로 나간 게 틀림없어요."

"싸우기라도 한 거예요?"

"3년 동안 단 한 번도요. 집을 나가기 직전까지도 평소와 다를 게 없는 생활을 하고 있었죠."

도와코 씨는 미라이에게 이번에도 예쁜 색의 술을 건네더니 마유카의 두 눈을 들여다보았다.

"지금도 돌아오길 바라는 거죠?"

결국 마유카는 낮에 서점에서 봤던 것과 똑같은 울상을 지었다.

"다로와 지낸 날들을 잊을 수가 없어요. 퇴근하고 돌아오면 현관까지 달려와주던 모습, 아무리 힘들 때라도 옆에서 함께 자는 것만으로 안심이 되던 기억들……. 그런 게 전부 사라지고 나서야 제가 다로에게 얼마나 의지했는지를 통감하게 됐답니다."

이야기를 들어보면 전형적인 펫로스 증후군 같았다. 상대가 인간이라는 게 다르지만 말이다.

그 시점에서 나는 다로라는 사람이 몸집이 작고 귀여운 남성일 거라 자연스레 상상하고 있었다. 나이는 위라고 했지만 『너는 펫』의 이미지가 아직 남아 있었던 것이다.

"사진 같은 건 없나요?"

그래서 도와코 씨의 질문에 마유카가 휴대폰에 저장된 사진을 보여주었을 때는 정말로 의외였다.

"이건, 뭐랄까……."

말끝을 흐리는 나와 다르게 미라이는 정확한 감상을 이야기했다.

"미녀와 야수네."

키는 180센티미터가 족히 넘어 보였다. 직업 덕분인지 체격이 매우 좋았고 일본 럭비 대표 선수라 해도 믿을 법했다. 이목구비가 뚜렷해서 자세히 보면 잘생겼다고 할 수도 있었지만 숱이 많은 머리카락과 두툼한 눈썹의 임팩트가 너무 강해서 미남과는 거리가 있었다.

이 남자가 반려동물 같으냐고 묻는다면 대답은 절대 아니요였다. 다만 셜록 홈스의 『얼룩끈의 비밀』에는(공교롭게도 나는 이것 역시 만화책으로 읽었다) 개코원숭이와 치타를 기르는 인물이 등장한다. 이 남자도 그와 비슷한 느낌이거나 차라리 좀 더 반려동물에 가깝다고 할 수는 있을 것 같다. 어쨌든 나는 미라이의 '미녀와 야수'라는 표현에 무릎을 탁 치고 싶은 기분이었지만 마유카가 이의를 제기했다.

"저기, 그런 식으로 말하는 건 조금…… 미녀는 야수의 아내지 주인은 아니잖아요."

아무래도 항의해야 할 부분이 틀린 것 같긴 하다.

미라이는 불쑥 덧붙였다. "미녀, 라는 건 부정하지 않나 보네."

한편 다로라는 인물의 외모를 보여달라고 한 건 도와코 씨였다. 그녀는 사진을 확인하고 뭔가를 깨달았다는 듯이 고개를 끄덕이더니 나를 향해 의미심장한 미소를 지었다.

"다음 일이 결정됐네."

나는 술잔을 입에 댄 자세 그대로 굳어버렸다. 립스 온 더 섹스 온 더 비치(Lips on the sex on the beach)인 셈이다.

"그건 혹시…… 다로 씨를 찾아내서 왜 마유카 씨를 떠났는지 이유를 물어보란 건가요?"

"무슨 소리야, 다스쿠 씨가 그런 일을 할 수 있을 리 없잖아. 탐정도 아닌데."

"아, 아니군요."

뭐, 듣고 보니 맞는 말이었다. 나는 별 볼 일 없는 서점 아르바이트생일 뿐이고 이건 탐정소설이 아니었다.

오늘 밤의 주인공인 마유카 씨를 옆에 내버려둔 채로 이야기는 계속되었다. 그런데 도와코 씨의 입에서 흘러나온 것은 전혀 상상도 못 한 지령이었다.

"다스쿠 씨의 다음 일은 말이지."

3

어느 정도 예상은 했지만 어머니는 꽤 놀라셨다.

"일 때문에 당분간 집에 못 돌아온다니, 그게 무슨 말이니? 넌 서점에서 일하잖아."

나는 백팩을 짊어지고 손에는 보스톤 백을 든 채로 대답했다.

"설명하기 어렵지만 이것도 일은 일이야. 걱정하지 마. 숙소도 이 근처고 위험할 건 아무것도 없으니까. 그리고 언제 끝날지는 확실하지 않지만 금방 돌아올게."

정확한 행선지도 알리지 않고 모호한 설명만 남긴 채 집을 떠나는 아들이 당연히 이상해 보였을 것이다. 하지만 어머니는 더 이상 아무것도 캐묻지 않았다.

"열심히 일하고 오렴."

나는 어머니의 배웅에 감사하며 고개를 끄덕였다.

나는 자전거에 커다란 짐을 싣고 끙끙거리며 30분 정도를 달렸다. 도착한 아파트 앞에서 긴장과 함께 인터폰을 누르자 곧 문이 열렸다.

"안녕. 어서 들어와."

문을 열고 모습을 드러낸 마유카를 향해 나는 고개를 깊이 숙였다.

"앞으로 신세 좀 지겠습니다."

즉 이게 바로 도와코 씨가 지시한 일이었다. 한동안 마유카에게 사육당하고 오라는 것이다.

"무, 무슨 소리예요. 저보고 여자하고 같이 살다 오라니, 그런…….."

당연하게도 나는 일단 저항해보았다. 내가 너무 횡설수설하는 것을 보고 미라이는 "흥분하지 마, 다스쿠"라며 싸늘한 시선을 보냈다. 이제는 씨 자도 안 붙이는 건가.

"마유카 씨에게 사육당하다 보면 집을 나간 다로의 기분을 이해할 수 있을지도 모르잖아. 그러려면 다스쿠 씨야말로 적임자야. 지금 보니까 살짝 강아지 같기도 하고."

마유카는 맞장구를 치며 말했다. "오호, 그런 방법이 있었네요."

"오호, 는 무슨. 마유카 씨, 이런 말에 속아 넘어가면 안 됩니다. 도와코 씨는 지금 상황을 재미있어하는 것뿐이라고요."

"어머, 무슨 그런 실례되는 말을. 애초에 마유카 씨에게 기운을 되찾아주겠다고 이 가게로 부른 게 누구였더라?"

"아니, 그건…….."

사람의 아픈 곳을 찌르는 건 좀 그만했으면 좋겠다.

"마유카 씨도 저하고 사는 건 싫으시죠? 우린 오늘 처음 만났을 뿐이잖아요."

그러자 마유카는 눈을 꾹 감았다가 눈물이 튈 만큼 힘

차게 떴다. 마치 소녀 취향의 애니메이션 주인공이 슬픔을 극복해내는 장면 같았다.

"저, 노력할게요! 그걸로 다로가 집을 나간 원인을 알아낼 수 있다면 이분과 함께 사는 것 정도는 견뎌내야죠."

"바로 그거야! 저도 감격스럽네요."

도와코 씨는 박수까지 치고 있었다. 아니, 왜 내가 이런 일까지 해야 하는 걸까?

"정말로 괜찮겠어요? 제가 사실은 강아지가 아니라 늑대면 어쩌려고요."

나는 마지막 발악을 해봤지만 도와코 씨의 비웃음만 살 뿐이었다.

"뻔뻔하기도 하지. 술기운을 빌리지 않으면 좋아하는 여자애한테 고백도 못 하는 주제에."

이미 지나간 일은 좀 언급하지 않았으면 좋겠다. 고백하라고 시킨 것도 도와코 씨면서……. 이 사람은 정말 막무가내다.

미라이는 계속 모른 체를 하고 있었고 마유카는 받아들일 준비를 거의 마친 듯했다. 그리고 도와코 씨의 다음 대사가 결정타였다.

"일을 하기 싫으면 안 해도 돼. 다만, 다스쿠 씨가 지금 마시는 술값이 10만 엔이야.”

“저는 반려동물인 다스쿠라고 합니다! 잘 부탁드립니다! 멍멍.”

결국 나에게 거절할 권리 따위는 없었다.

그렇게 해서 나는 기간 한정으로 마유카의 반려동물이 되었다. 오늘이 바로, 인간으로서의 존엄성을 버리는 기념비적인 첫날이었다.

“실례하겠습니다.”

나를 맞이하기 위해서인지, 아니면 원래부터 깔끔한 성격인지는 모르겠지만 마유카의 집은 아주 깨끗했다. 널찍한 원룸에 깔린 크림색 카펫, 침대와 낮은 탁자, TV, 소파까지…… 눈에 들어오는 건 대충 그 정도였다.

동거하기에는 좁은 느낌도 들지만 생활하기 불편할 정도는 아닐 것이다. 실제로 이곳에서 마유카와 다로가 둘이서 살았으니 말이다.

계속 서 있기도 뭐해서 나와 마유카는 일단 쿠션 위에 앉았다. 거북한 침묵이 흘렀다. 서로 확인하거나 상의할 일이 여러모로 많다는 건 알지만 대체 어떤 것부터 시작해야 좋을지 판단이 서지 않았다.

“……저기, 생활하면서 제가 조심해야 하는 부분은 없을까요?"

나는 일단 그런 말로 대화를 시도해보았다. 마유카는 살짝 머리카락을 매만지며 대답했다.

"으음…… 소리는 될 수 있는 대로 내지 않도록 해. 우리 집은 반려동물 금지니까."

"아니, 그것보단 1인 전용이나 여성 전용 아파트가 아닌지가 중요한 것 같은데요. 다른 사람들 눈엔 제가 반려동물로 안 보일 테니까요."

"아, 그렇겠네. 그거라면 커플로 살고 있는 사람들도 있으니까 괜찮아. 다로도 여기서 3년을 살았는걸."

아마 마유카도 긴장하고 있을 것이다. 어쨌든 내가 주의할 점은 특별히 없는 듯했다.

다음으로는 집 안을 안내받으며 어디에 뭐가 있는지 등에 대한 설명을 들었다. 방이 넓진 않아서 이것도 몇 분 만에 끝났다. 여자 방에 단둘이 있다는 사실이 좀처럼 적응되지 않았다.

그때 마유카가 어색하게 손뼉을 치며 말했다. "아, 배고프겠네. 슬슬 밥 먹을까?"

아직 오후 5시였다. 하지만 달리 할 일도 없었기에 나도 동의를 했다.

"그게 좋겠네요. 배가 많이 고파요."

"조금만 기다려. 간단한 것밖에 만들 줄 모르지만."

"아, 저도 도울게요."

나는 마유카를 따라 일어섰다. 하지만 그녀는 강한 말투로 나를 제지했다.

"가만히 있어. 넌 반려동물이잖아."

나는 다시 자리에 앉으며 반성했다. 그래, 이 느낌에 빨리 익숙해져야만 했다.

마유카가 만든 음식은 맛있었다. TV 덕분에 대화거리를 찾느라 고생할 필요가 없어 다행이었다. 설거지도 그녀가 혼자서 했다.

그리고 우리는 목욕을 했다. 물론 따로. 내가 먼저 들어가는 건 아무래도 눈치가 보였기에 그녀에게 먼저 들어가라고 권했다. 욕조가 좁진 않았고 물 온도도 쾌적했다.

목욕하고 나오자 마유카는 소파에서 책을 읽고 있었다. 겉표지가 벗겨진 문고본 표지를 옆에서 들여다보았다. 『하얀 개와 춤을』, 어린 시절에 유행했던 게 기억나는 외국 소설이었다. 내용은 아내를 잃은 노인이 하얀 개를 기르는 이야기였다.

그런 작품을 읽는 마유카의 얼굴을 차마 계속 바라볼 수 없었다. 옆자리에 앉았더니 그녀의 몸이 딱딱하게 굳었다.

나는 숨을 깊이 들이마시고 용기를 내서 말했다. "아직도 저한테 거리를 두시네요."

마유카는 책을 덮었다. "거리?"

"저는 다로 씨가 집을 나간 이유를 알아내려고 온 겁니다. 그러니까 다로 씨와 똑같이 대해주지 않으면 의미가 없을 것 같거든요. 어떤 식으로 생활하셨는지는 잘 모르지만, 저도 되도록 비슷하게 행동해볼게요. 마유카 씨도 다로 씨가 어떻게 했는지, 다로 씨에게 어떻게 해줬는지를 저한테 많이 알려주세요."

나 나가하라 다스쿠가 남자로서 큰 결심을 하는 순간이었다. 마유카가 그런 책을 읽을 정도의 펫로스 상태에서 벗어나지 못한다면 내가 이 일을 완수할 날은 오지 않을 것이다.

마유카는 힘없이 웃으며 "그렇겠네"라고 답했다. 그리고 책을 옆에 내려놓고는 나를 향해 양팔을 펼쳐 보였다.

"이리 와."

이게 무슨 상황인지는 나도 금세 이해했다. 하지만 나는 반려동물이다. 거리를 두지 말라고 먼저 말한 주제에 망설일 수는 없었다.

마유카에게 몸을 맡기자 나를 꼬옥 끌어안아주었다. 어깨까지 내려오는 미리카락의 샴푸 향기에 정신이 아찔해졌다. 내 의도와는 상관없이 심장 고동이 빨라지고 있었다. 뒤통수를 쓰다듬는 감촉이 느껴졌다. 나는 자기 암시를 걸듯이 마음속으로 몇 번이고 되뇌었다. 반려동물, 반려동물, 나는 이 사람의 반려동물이다. 이렇게라도 하지 않으면 이상한 스위치가 발동될 것 같아서였다.

몇 십 초의 시간이 꽤나 길게 느껴졌다.

마유카는 나를 놓아주더니 왠지 모르게 마음이 편해진 듯한 표정을 지었다. "뭐, 나쁘지 않네. 다로와 비교하면 조금 듬직하지 못한 느낌도 들지만."

나는 쓴웃음을 지었다. "체격이 꽤 다르니까 말이죠."

"잘 부탁해, 다스쿠."

편하게 이름을 부른 것뿐이지만, 나는 그 목소리를 통해 그녀가 이제야 나를 반려동물로 대하기 시작했다는 것을 느꼈다. 그녀가 나를 부르는 목소리는 살짝 따스하면서도 듣기 좋았다.

이렇게 해서 우리의 기묘한 동거, 아니, 사육 생활이 시작되었다.

청소와 빨래와 요리, 그리고 쓰레기 배출과 우편물 수

령에 이르기까지 마유카는 내가 집안일에 조금이라도 손을 대려 하면 혼을 냈다. 반려동물은 반려동물답게 행동하라는 것이다. 자취 경험자에게 이건 의외로 어려운 일이었다. 거의 무의식중에 집안일을 하게 되는 순간이 찾아오기 때문이다. 관엽식물에 물을 준 것만으로 혼이 날 때는 나도 무심결에 항의할 뻔했지만 간신히 참아냈다. 내 목적은 다로의 생활을 그대로 재현하는 것이었다. 다로가 물을 주지 않았다면 나도 주지 말아야 한다.

나와 마유카 모두 밖에서 일을 해야 했기에 대부분 매일 아침 정해진 시간에 집을 나섰다. 기본적으로 내가 늦게 출근했고 귀가도 더 빨랐다. 그녀는 구스다 역에서 전철로 통근해야 하는 번화가의 회사에서 근무하고 있었다.

"다녀왔습니다! 오늘도 피곤하다."

그녀는 집에 돌아오면 항상 이런 말과 함께 나를 안아주었다. 나는 그것을 묵묵히 받아들였다. 이런 순간이 스스로도 의외일 만큼 좋았다. 몇 번인가 입맞춤을 당할 뻔한 적도 있지만 얼굴을 어깨 쪽으로 파묻는 식으로 회피했다. 싫어서 그랬던 건 아니다. 미녀라고 자부할 만큼 얼굴이 예쁜 마유카가 나에게 입맞춤을 해온다면 내 의도와 상관없이 이상한 스위치가 발동될 것이 뻔해서였다.

밤이 되면 마유카는 침대, 나는 카펫 위에 이불을 깔아서 잤다. 하지만 가끔씩은 같이 잘 때도 있었다. 그녀는 잠이 빨리 드는 편이라 누운 뒤에 바로 옆에서 규칙적인 숨소리가 들려왔지만 나는 좀처럼 잠을 이루지 못했다. 그래서 다음 날 저녁이 되면 일찌감치 내가 먼저 이불을 깔아놓곤 했다.

직접 해준 음식은 맛있었고 실내는 청결한 데다 주인님은 무척이나 상냥했다. 나는 그저 낮 동안 쓰쿠모 서점에서 일하다가 귀가하면 마유카에게 멋대로 귀여움을 받으며 가끔씩 산책에 동행하기만 하면 되었다. 그녀는 집세나 생활비를 받지 않았고 내가 다로가 아니라고 해서 무언가를 자제하는 눈치도 아니었다.

그런 생활이 2주 동안이나 계속될 무렵, 나는 하나의 확신을 갖게 되었다. 으음, 그것은…….

4

"다스쿠 씨, 생활하는 건 어때?"

어느 날 바 태스크에서 도와코 씨의 질문을 받고 나는

카운터에 몸을 기대며 대답했다.

"최악이에요."

"그야 그렇겠지. 여자한테 사육되다니, 정상적인 사람이라면 힘들 게 뻔해."

나는 비웃듯 말하는 미라이에게 고개를 저어 보였다.

"아니에요. 반대로 너무 편해서 문제라고요."

"난 부러운데. 그런 제비족 같은 생활이 말이야."

사토나카가 말하다 말고 히익 하고 작게 비명을 질렀다. 아마 내 대답이 마음에 안 든 미라이가 홧김에 정강이를 걷어찬 것 같다.

"어머, 그건 잘된 거 아냐?"

도와코 씨는 언제 봐도 느긋하다. 나는 한숨을 쉬었다.

"아주 기본적인 일까지 안 해도 된다니까요. 이러다 보면 사람이 망가질 수밖에 없어요. 이런 생활에 익숙해져버리면 다른 데선 살 수 없는 몸이 되어버린다고요. ……다로 씨가 집을 나간 이유는 아무래도 그런 부분 때문인 것 같은데요."

"하지만 그런 생활을 3년이나 이어간 거잖아. 왜 이제 와서 마음이 변했나 싶은 생각도 드는데."

"그야 그렇지만요……."

현재로서는 다로가 집을 나간 이유가 무엇인지 아무것도 밝혀진 게 없었다. 현재의 반려동물인 나조차도 '이대로 가다간 망가진다'라는 위기감 정도밖에 짐작 가는 게 없었다.

"사육당하는 입장에선 이득만 보는 이야기 같은데 말이지. 그러면 사육하는 사람에겐 무슨 이득이 있는 걸까?"

미라이는 이 기묘한 동거 생활을 끝까지 부정하고 싶은 것 같았다.

"반려동물과 주인의 관계에 충실해야 한다는 게 전제이긴 하지만…… 일단 언제든 안전하게 스킨십이 가능하다는 걸 들 수 있겠네요. 미라이 씨도 가끔씩은 사람의 체온이 그리워질 때가 있을 거 아니에요."

"그야 뭐, 없는 건 아니지."

"주인은 그런 부분을 반려동물을 통해 충족시킬 수 있어요. 그러면서도 스킨십 이상의 행위를 요구받을 걱정도 없죠. 애인이라면 그러기 힘들 테고 싸움이나 질투 같은 부정적인 감정까지 감당해야 하지만, 반려동물이라면 그런 것들과도 무관하잖아요."

요컨대 이런 관계에서는 편안함이야말로 전부라는 게 내 판단이었다. 나는 아직 마유카에 대한 흑심을 억누르느라 고생하고 있었지만, 그것만 제외한다면 정말 편안할 따름이었다. 부드러운 이불에 감싸인 채로 상처받을 일도 없이 계속 누워 있는 거나 다름없는 생활이 아닌가.

"신체적인 것 외에도, 그녀가 기분이 좋지 않을 때는 제가 이야기를 들어주기도 하죠. 애인이라면 힘이 되어주고 싶은 마음에 쓸데없는 조언을 하게 될 때가 있잖아요. 하지만 저는 반려동물이니까 주인님께 건방진 소리는 안 합니다. 이야기를 들어주고 위로만 할 뿐이죠. 결과적으로는 그걸로 마음이 가벼워지는 경우도 많다고 생각하거든요."

"불평을 늘어놓고 싶은 거라면, 그거야말로 사람 대신 동물이나 기르는 게 나을 것 같다는 생각도 드는데."

"마유카 씨네 집은 반려동물 기르는 게 금지라서요. 사람이라면 같이 사는 데 지장이 없고 똥오줌도 잘 가리는 데다 물건을 망가뜨릴 염려도 없어요. 어떻게 보면 동물을 기르는 것보다 훨씬 부담이 적다고 마유카 씨가 그러더라고요."

"왠지 나도 부럽다는 생각이 드는데." 도와코 씨가 진지하게 말했다.

미라이는 자기가 불리해졌다고 느꼈는지 술을 마시며 불평했다.

"정말 바보 같아. 아무리 그래봐야 뭔가 문제가 있었으니까 다로 씨가 집을 나간 거 아냐."

"음, 그게 문제인데 말이죠…… 왜 나간 걸까요?"

"너무 특수한 사례라 참고할 만한 이야기가 주위에 없군. 하다못해 힌트를 찾을 만한 스토리가 없으려나?" 사토나카는 단골답게 사정을 완전히 파악하고 있는 듯했다.

그러자 도와코 씨가 나에게 물었다. "『너는 펫』에서는 어땠어?"

"싸움 같은 게 원인이 되어서 반려동물이 가출하는 전개도 있었지만 아무래도 이번 일에 적용하긴 힘들 것 같네요. 표면상으로 어떻든 간에 주인공 남녀에게 연애 감정이 존재한다는 건 읽다 보면 금방 보이거든요."

"다로에게도 연애 감정이 있었는데 그걸 계속 숨기기 힘들어진 건 아닐까?"

"그랬다면 사라지기 전에 무슨 말이든 하지 않았을까요? 마유카 씨에겐 애인이 없었으니까, 그 자리를 본인이 차지하지 못할 것도 없죠."

다로의 심정을 정확히 짐작할 수는 없겠지만, 나는 지금까지 느낀 점을 토대로 반박했다. 3년 동안이나 그런 생활을 계속하지 않았던가. 남자 쪽에 연애 감정이 존재했다면 분명 3년씩이나 참아낼 수 있을 리 없다. 사흘도 힘들 것이다.

"단순한 연애와는 다른 동거를 그려낸 작품이라면……에쿠니 가오리의『반짝반짝 빛나는』도 있어."

미라이가 의견을 말했지만 도와코 씨에게는 확 와닿지 않는 모양이다.

"그것도 일단 형식상으로는 부부잖아. 반려동물과 주인의 관계와는 다르지 않을까?"

그 말이 내게는 왠지 경험을 통해 우러나온 말처럼 들렸다. 그러고 보니 도와코 씨와 함께 일한 지 한 달이 넘었지만 그녀의 사생활에 대해 들은 건 거의 없었다.

"도와코 씨도 동거 같은 걸 해본 적이 있으세요?"

나는 정말 자연스럽게 물어보았다. 성씨가 그대로인 점이나 평소의 모습을 보면 독신인 게 분명하지만, 나보다 열 살이나 많으니까 그 정도 경험은 있을 거라 추측한 것이다.

다음 순간, 나는 등줄기가 오싹해지는 것을 느꼈다. 도와코 씨가 보인 것은, 아주 짧은 순간이긴 했지만 완벽한 무표정이었다.

"있어. 내 경우는 연애 상대였지만."

더 이상 캐물을 수 없는 분위기였다. 도움을 요청하듯 옆을 돌아보자 미라이는 아차 하는 표정을 짓고 있었다.

"도와코 씨는 개인적인 일을 물어보면 늘 저렇거든. 다스쿠 군도 조심하게나."

사토나카의 귀띔을 듣고 나는 고개를 끄덕거렸다. 알고 지낸 지 얼마 안 되는 나 따위가 물어봐선 안 되는 질문이었나 보다.

도와코 씨의 과거도 궁금하긴 했지만 당면한 문제는 마유카와 다로였다. 사토나카가 분위기를 바꾸려는 듯이 부자연스럽게 머리를 긁적였다.

"연애와 상관없는 동거라……. 내가 먼저 제안해놓고 이런 말을 하기도 미안하지만, 적당한 이야기가 떠오르지 않는군."

사토나카가 좋아하는 건 일본의 근대 문학이었다. 실제로는 어땠는지 모르지만 시대 배경 등을 고려했을 때 연애 없는 동거 자체가 성립하기 힘들었을 것이다.

"스토리에서 힌트를 얻긴 힘든 건가……. 설령 마유카 씨의 상황과 유사한 작품이 있다 쳐도 그게 다로 씨의 실종을 설명해준다는 보장은 없겠죠."

"맞아. 결국은 다스쿠 씨가 그녀를 이해시킬 만한 이유를 찾아낼 수밖에 없어."

그게 바로 도와코 씨가 지시한 일이었다.

"빨리 해내지 못하면 위험한데……. 전 이대로 가다간 점점 더 못난 인간이 될 것 같다고요. 한없이 못났던 시절에서 벗어나 이제야 겨우 일을 시작했는데……."

"약한 소리 마. 애초에 다스쿠 씨가 끼어들어서 생긴 문제잖아."

반박할 말이 없었다. 그녀의 말대로 괜히 벌집을 건드려서 사달을 낸 건 다름 아닌 나였으니까 말이다.

"그건 그렇고, 그 기둥서방도 꽤나 잘생겼겠구면. 연하인 미녀가 그렇게까지 목을 맬 정도면."

사토나카는 그렇게 말하며 위스키를 들이켰다. 아무래도 아직 정보 전달이 원활하지 못한 부분이 있는 것 같다.

"그러니까, 마유카 씨와 다로 씨는 연인 관계가 아니었다니까요."

"그렇다고 해도 말이야. 외모가 별로면 자기 집에 두고 귀여워하겠다는 생각을 누가 하겠나?"

나는 마유카와 다로가 둘이 찍은 사진을 사토나카에게 보여주었다. 혹시라도 쓸모가 있을까 싶어 내 휴대폰에도 전송해두었던 것이다.

사토나카는 노안이 시작되었는지 화면을 얼굴에 가까이 댔다 멀리 뗐다 한 뒤에 하아, 하고 얼빠진 소리를 냈다.

"이거, 미녀와 야수구먼."

"내가 괜히 그랬겠어?" 미라이가 톡 쏘듯이 말했다.

"이제야 이해하셨네요. 다로 씨는 미남과는 거리가 있었고 두 사람 사이엔 연애 감정이 없었습니다. 자, 이제 그만 돌려주시……."

그런데 사토나카는 아직도 내 휴대폰을 놓아줄 생각이 없는지 얼굴과의 거리를 몇 번이나 조정한 끝에 "틀림없어"라고 중얼거렸다. 그리고 의외의 말을 꺼냈다.

"이거, 내가 아는 사람 같은데."

5

다로의 행방을 밝혀내는 게 목적이 아니었기에 우리는 처음부터 그쪽으로는 전혀 생각하지 않고 있었다. 하지만 그가 떠난 이유를 알아내는 데 본인에게 물어보는 것보다 좋은 방법은 없을 것이다.

"아까 배달 중이라는 문자가 왔으니까 이제 한두 시간만 기다리면 올 걸세." 사토나카가 휴대폰 액정을 확인하면서 말했다.

우리는 식탁 의자에 마주 보고 앉아 있었다.

바 태스크에서 이야기를 나눈 지 사흘 뒤에 나는 사토나카의 자택에 와 있었다. 구스다 역에서 도보로 5분 정도 걸리는 단독저택으로 정확히는 자택 겸 사무소이며 회사를 경영하는 사토나카의 일터이기도 했다.

생활감과 청결감이 공존하는 사람 냄새가 나는 집이었다. 같이 사는 사람은 없는 듯했다. 늘 바에 죽치고 있는 걸 보고 독신일 거라 멋대로 예상했는데 이런 단독주택에서 혼자 살고 있었나 보다.

"그건 그렇고 이런 우연이 다 있네요. 다로 씨가 사토나카 씨네 동네를 담당하는 택배 기사였다니."

그것이 사토나카가 다로의 사진을 보고 그냥 지나치지 못한 이유였다. 한 달 전쯤부터 *그가* 택배를 전해주러 오기 시작했다고 한다. 나름 특징적인 외모였기에 사토나카가 다로의 얼굴을 기억하고 있었던 것이다.

택배 기사의 담당 지역은 정기적으로 바뀐다는 이야기를 들은 적이 있었다. 다로가 여기서 가까운 마유카의 집에서 가출한 것과 새롭게 이 동네를 담당하게 된 것 사이에는 뭔가 연관성이 있을지도 모르지만, 나로서는 자세한 사정까지 알 수 없었다.

"다로 군이 지난번 우리 집에 왔을 때는 분명 평일 오후였다네. 같은 시간대에 배달을 지정해두면 볼 수 있을 테지. 뭐, 오늘이 안 되더라도 몇 번이고 시도하다 보면 만나게 될 걸세."

사토나카는 다로와 만나기 위해 인터넷 쇼핑몰에서 물건을 샀다고 한다. 지난번에도 같은 사이트에서 구입한 상품을 다로가 집에 배달해준 모양이었다. 그래서 나는 배달을 지정한 시간에 맞춰서 사토나카의 자택을 방문했다. 잘만 하면 마유카를 떠난 이유에 대해 본인의 입을 통해 들을 수 있을지도 모른다.

현관 쪽을 계속 신경 쓰면서 자연스레 어깨에 힘이 들어가는 나를 보고 사토나카가 쓴웃음을 지었다.

"다스쿠 군, 그렇게 초조해한다고 달라지는 건 없어. 어때, 위스키라도 한잔하겠나?"

"아니요, 괜찮습니다."

"사양할 것 없네. 비싼 게 있거든."

"괜찮다니까요. 대낮부터 손님에게 위스키를 대접하다니, 무슨 외국 영화도 아니고요."

그런 대화를 나누는 사이 바깥에서 자동차 엔진음이 들렸다. 인터폰 소리가 울리자 나는 현관을 향해 부리나케 달려갔다.

현관문을 열자 운송 회사의 유니폼을 입은 다로가 서 있었다.

"다로 씨…… 맞으시죠?"

내 질문에 그는 잔뜩 경계했다.

"누구십니까……?"

"니즈마 마유카 씨의 친구입니다. 제 친구가 당신이 갑자기 사라진 것 때문에 힘들어하고 있어요. 자기가 뭔가 나쁜 행동이라도 했을까 봐서요."

그러자 다로는 모자를 깊이 눌러쓰며 말했다. "우리가 어떻게 살았는지 들었나 보군."

"네, 그녀가 전부 털어놓았습니다."

"그녀가 잘못한 건 아무것도 없어. 그냥 전부 내 변덕 때문이다."

"왜 갑자기 나가버리신 겁니까? 아무 설명도 없이요."

"대답할 수 없다."

짧지만 단호한 말투였다.

"……그렇다면 적어도 마유카 씨에게 연락은 해주세요.

당신의 입으로 직접 이유를 듣기 전까진 그녀는 계속 자책할 겁니다."

"그럴 수도 없다. 정말 미안하게 생각하고 있지만 더 이상은 상관 않기로 결정했으니까."

그는 그렇게 말하며 택배의 영수증을 내밀었다. 그리고 사토나카가 받아들자 바로 몸을 돌렸다.

"잠시만요. 마유카 씨는 당신이 사라져서 울고 있는데."

"미안하지만 일하는 중이다. 나 같은 건 잊고 행복해지길 바란다고…… 그렇게 전해줘."

그는 다시 차를 타고 사라져버렸다. 나는 그저 멍하니 지켜볼 수밖에 없었다.

"뭔가 사정이 있는 것 같군." 사토나카가 내 옆에 다가와 말했다.

"아무 말도 없이 나가버릴 정도니까 말이죠……. 하지만 모르겠네요. 저 사람은 뭣 때문에 저 정도로 완강하게 거부하는 걸까요?"

"저 사람이 남긴 말을 마유카 씨에게 전할 건가?"

"고민되네요. 다로 씨와 만난 걸 비밀로 해두는 게 좋을지도 모르겠어요."

다시는 없을 만한 행운과 사토나카의 협조가 있었지만

아쉽게도 목적은 이룰 수 없었다. 이번 일 때문인지 사토나카의 동네를 담당하는 택배 기사가 교체되었고, 그 뒤로 다로의 모습을 볼 수 없게 되었다고 한다.

6

"마유카 씨는 왜 다로 씨를 기르기 시작한 거죠?"

어느 날 밤 나는 마유카에게 물어보았다. 방 안 소파에서 그녀의 무릎을 베고 누워 머리 쓰다듬는 손길을 느끼고 있을 때였다.

"아, 다로와 처음에 어떻게 만났는지 내가 아직 이야기하지 않았구나."

그녀는 과거를 떠올리는 듯했다. 가냘픈 턱선이 아름다웠다. 다른 사람의 얼굴을 이런 각도로 올려다볼 기회는 좀처럼 없을 거라는 생각이 들었다.

"다로를 기르기 시작한 건 3년 전이야. 난 그때 통신 판매 회사에서 근무했어. 거기서 고객 응대를 맡고 있었지."

"전화 상담원이었나요?"

"조금 달라. 상담원은 주문을 받는 쪽이지. 내가 대응하는 건 주문이 아니라 고객들의 불평이었어. 쉽게 말해 클레임 처리였지."

그랬구나. 이야기만 들어도 얼마나 힘들었는지를 충분히 짐작할 만한 업무였다.

"거의 입사하자마자 배정되고 나서 5년 동안, 나는 같은 부서에서……."

"신입 때부터요? 그런 일은 상품에 관한 지식이 풍부하면서 경험도 많은 베테랑이 하는 거라 생각했는데요."

"모두가 하기 싫어하는 일이라 인원이 부족했거든. 그래서 나처럼 부탁을 잘 거절하지 못하는 사원부터 발령이 나곤 했어."

함께 생활하다 보면 알 수 있다. 마유카는 무척 너그럽고 마음씨가 고운 여성이었다. 그런 사람이 힘든 역할을 떠맡는 것은 종종 있는 일이다.

"선배들은 금방 한 귀로 흘려보낼 수 있게 된다고 했지만…… 난 아니었어. 고객들에게 욕을 듣거나 협박당하는 일에 아무리 해도 익숙해지지 않더라. 원래부터 싸우는 걸 정말 싫어하는 성격이었거든."

그래서 남의 부탁이 싫어도 거절하지 못하는 것이다. 부탁한 상대와 싸울 수 없으니까 말이다.

"매일 몸이 움츠러드는 느낌을 맛보면서 오늘은 내가 뭘 실수했는지, 어떻게 하면 고객들이 날 가만 내버려둘지, 그런 생각만 하게 돼서……. 이상한 일이지만 점점 회사가 아니라 내 개인이 클레임의 대상이 된 것 같은 기분이 들기 시작했어."

나는 그때의 심정을 이해할 수 있을 것 같았다. 상황은 많이 다르지만 나도 회사를 그만두기 직전엔 계속 바늘방석에 앉아 있는 기분이었다. 누군가의 질타와 실소, 위로가 돌멩이처럼 날아와 나라는 인간을 서서히 깎아내는 것이다. 사람들의 말은 마음을 아프게 도려낸다. 자신에게 잘못이 있고 그런 말을 들어도 어쩔 수 없는 상황에서조차 그랬다. 하물며 개인적인 잘못이 전혀 없었던 마유카가 폭언을 당했을 때 정신이 병드는 것도 무리는 아니었다.

"그래도 억지로 견디면서 일을 계속했더니 스스로도 분명히 알 수 있을 만큼 심신이 망가져갔어. 하지만 나보다 오랫동안 버텨온 선배들 앞에서 불평을 늘어놓을 수도 없고, 아프다는 티를 낼 수도 없잖아. 그러다 보니 더욱 힘들어져서……. 이제 와 돌이켜 보면 엄청 무서운 생각을 하고 있었어. 내가 더 이상 나로 존재할 수 없게 되는 생각을 말이지. 두 번 다시 나로 돌아갈 수 없게 되는 생각을……."

완곡한 표현이었지만 나에게는 아플 만큼 정확히 전달되었다. 그녀가 무슨 생가을 했고 '일을 그만둔다' 같은 성상적인 판단에 앞서 어떤 선택지가 보였는지를 손에 잡힐 듯 알 수 있었다.

"다로가 내게 먼저 말을 걸어와준 게 바로 그럴 때였어. 그 사람은 상품을 배송하느라 우리 회사에 와 있었거든. 그래서 우연히 지나쳐가던 내 얼굴을 봤고, 보자마자 이렇게 말했어."

— 나쁜 마음 먹으면 안 됩니다.

"엄청나게 놀라면서도 날 이해해주는 사람이 세상에 있다는 게 안심이 돼서, 나도 모르게 그 자리에 주저앉아 엉엉 울어버렸지."

어째서 말을 걸었느냐는 질문에 다로는 이렇게 대답했다고 한다.

— 당신의 오늘 얼굴이 왠지 모르게 익숙해서요. 옛날에 저와 가까운 사람이 그런 표정을 지었습니다.

"다로가 그 일에 관해 이야기한 건 그때뿐이었어. 어떤 사람이었는지, 그 사람이 나중에 어떻게 되었는지도 다로는 절대 이야기해주지 않았거든."

하지만 마유카 씨에게 먼저 말을 걸게 할 정도의 사건을 과거에 겪었다는 것만은 분명했다. 그것만으로도 설명은 충분할 것이다.

"나는 다음 날부터 한동안 일을 쉬었어. 다로는 그동안 매일 내게 연락해주었지. 다로는 일을 그만두라고 몇 번이나 말했지만, 나는 좀처럼 결심이 서지 않았어. 그랬더니 '하다못해 반려동물이라도 기르세요'라잖아. 마음의 버팀목이 될 수도 있다고 생각한 거겠지."

당시에도 지금의 아파트에서 살고 있던 마유카는 반려동물 기르는 게 금지되어 있다는 사실을 이야기했다. 그러자 그가 제안했다고 한다. 그렇다면 저를 길러보시지 않겠습니까, 라고.

"비상식적인 일이잖아. 나도 당연히 화를 냈어. 이런 상황에 지금 장난치는 거냐고."

하지만 다로는 어디까지나 진심이었다. 그 정도로 마유카가 걱정됐던 것이리라. 그녀를 구하겠다는 일념에 물불을 가리지 않았던 것이다.

"나도 바로 다로와의 동거를 받아들인 건 아니었어. 하지만…… 시험 삼아 며칠 함께 지내보니까 생각보다 훨씬 즐거웠거든. 다로도 우리 집이 마음에 든다고 해서, 그대로 함께 생활하게 된 거야."

다로와의 생활은 무척 편했다고 한다. 야수 같은 외모의 그는 농담을 잘했고 침울해하는 마유카를 항상 웃게 해주었다. 농담으로도 기운이 나지 않을 때는 자상하게 말을 걸어주었다고 한다.

─언제까지라도 네 곁에 있을게.

"덕분에 조금씩 심신의 건강을 되찾은 나는 일단 복직했다가 1년 전에 일을 관뒀어. 지금은 이직을 해서 그때처럼 힘들지는 않아."

"1년 전이라…… 어쩌면 다로 씨는 그때 자기 역할이 끝났다고 생각했는지도 모르겠네요."

"그랬겠지. 그 뒤로 1년 동안은 자기가 없어도 괜찮을지를 판단했던 건지 몰라."

그녀의 뺨을 타고 흐른 눈물이 내 귀에 툭 떨어졌다. 나는 손을 뻗어 그녀의 눈가를 닦아주었다.

"그러면 지금은 어떻죠? 이제 다로 씨가 없어도 괜찮은가요?"

"응. 다로에겐 정말 고마운 마음뿐이고, 그 사람이 사라졌다고 해서 그때처럼 무서운 생각을 하는 건 아냐. 하지만…… 그래서 더 외로워. 내 아픔이 그 사람과 나를 이어주던 유일한 연결고리였다고 생각하면 말이야."

아무리 닦아도 눈물은 계속 흘렀다.

그녀는 내 머리카락을 꽉 움켜쥐며 말했다. "다스쿠도 언젠가 이 집을 나가겠지?"

차마 대답할 수 없었다. 아마 나갈 것이다. 나가야만 했다. 이곳은 너무나도 편한 장소이기 때문이다.

"계속 여기 있어도 괜찮아."

하지만 그녀는 내 마음이 흔들릴 만한 말을 속삭였다. 내가 상반신을 일으키자 그녀는 매달리듯 나를 안았다.

사람은 때때로 버팀목 없이는 서 있는 것조차 힘들어질 때가 있다. 연애에 의존하거나 종교에 몰두하거나 자신만의 세계에 틀어박혀 나오지 않게 되기도 한다.

일시적으로는 그런 식으로 버팀목에 기대는 것도 괜찮지 않을까? 제대로 서 있을 수도 없게 되는 순간을 직접 겪어봤기에 하는 말이다.

하지만 그 버팀목도 영원하진 않다. 너무 깊이 기대다가 부러지는 경우도 있다. 갑자기 어딘가로 사라져버릴 수도 있다. 혹은 그 버팀목에 가시가 돋아나서 기대면 기댈수록 자신이 상처투성이가 될 수도 있다.

언젠가는 스스로의 다리로 서야만 하는 날이 오는 것이다. 설령 버팀목을 잃었더라도 다시 걸어 나갈 수 있도록,

지금 나와 마유카 씨를 감싼 따뜻한 이불이 사라진 뒤에도 추위에 얼어붙지 않을 수 있도록.

나는 마유카의 포옹을 풀었다. 그리고 그녀의 양어깨에 손을 얹으며 두 눈을 응시했다.

"이제 그만 마무리를 짓도록 하죠. 그러지 않으면 마유카 씨도 저도 이대로 망가져버릴 테니까요."

그녀는 상처받은 것처럼 보였지만 내 말의 의미가 더 궁금한 것 같았다.

"마무리……라니?"

결국 이렇게 할 수밖에 없는 것이다.

나는 깊이 숨을 들이마셨다가 단숨에 말했다. "다로 씨가 어디 있는지 알아냈습니다."

7

마유카는 그 뒤로 일주일 정도를 계속 고민했다. 막상 기회가 눈앞에 오자 좀처럼 용기가 나지 않았던 모양이다. 그러나 역시 다로와 재회하고픈 마음을 참을 수 없었는지, 결국에는 만나러 가겠다고 마음을 굳혔다.

마유카 씨의 마음이 바뀌기 전에 빨리 움직이는 편이 나을 것 같았기에, 우리는 다음 날 저녁 다로가 일하는 운송 회사의 영업소 앞에 와 있었다.

"평소에 오후 업무를 맡았다고 하니까, 돌아오는 건 저녁이나 밤 정도가 될 거예요. 최근에 담당 지역이 바뀐 것 같지만 영업소까지 옮기진 않았겠죠."

물론 한 번의 시도로 만날 수 있다는 보장은 없었다. 사토나카의 자택에서 잠복했을 때보다도 마주칠 가능성은 낮을 것이다. 하지만 이 방법으로 만나지 못한다 해도 다음 작전을 구상하면 그만이었다. 다로도 우리를 피하려고 직장까지 바꾸진 않았을 것이다. 방법이라면 얼마든지 있다.

"그런데 다스쿠, 오늘은 아르바이트 안 나가도 돼?"

마유카는 근처 모퉁이에 몸을 숨긴 채 영업소 문을 감시하면서 나를 걱정해주었다.

"도와코 씨에게 사정을 이야기하고 양해를 구했어요. 애초에 도와코 씨가 시킨 일이니까 괜찮아요."

실제로 도와코 씨는 유급 휴일로 쳐주겠다는 말까지 했다. 그건 너무 염치가 없는 것 같아 사양했지만 말이다.

"그렇다면 다행이지만……. 미안해, 이런 일에 휘말리게 해서.”

나는 고개를 가로저었다. “신경 쓰지 마세요. 이건 저를 위한 일이기도 하니까요.”

이렇게라도 하지 않으면 계속 마유카에게 사육당하고 싶어질 것이다. 스스로의 다리로 서지 못하게 될 수는 없었다.

“그래……. 앗, 저기 봐봐!”

그때 마유카가 영업소로 돌아온 트럭의 운전수를 가리켰다.

어두운 가운데서 순간적으로 옆얼굴이 드러난 것뿐이었지만 그녀가 잘못 알아볼 리는 없었다. 방금 온 트럭을 운전하고 있던 이는 다로였다. 이렇게나 빨리 생각대로 일이 풀릴 줄이야.

“어떡할까요? 쳐들어갑니까?”

“퇴근까지는 좀 더 있어야 할 거야. 이대로 여기서 기다리는 게 낫겠어.”

오랜만에 다로의 모습을 보고서도 마유카는 냉정한 의견을 냈다. 나는 거기에 동의하고 다로가 다시 나타나면 붙잡기 위해 기다렸다. 그리고 잠시 뒤에 들려오는 소리에 우리 둘 다 당황하고 말았다.

"……응?"

"다스쿠, 왜 그래?"

"무슨 소리 안 들리세요? 부릉부릉, 하는 소리가……."

우리는 서로를 마주 보며 퍼뜩 깨달았다.

"이런, 오토바이인가!"

황급히 영업소 문 쪽으로 달려가자 오토바이에 올라탄 덩치 큰 남자가 보였다. 헬멧을 써서 얼굴은 보이지 않았지만 체격을 보면 다로가 틀림없었다.

"기다려, 다로. 잠깐만!"

마유카가 외쳤지만 오토바이의 엔진음이 너무 커서 들리지 않는 듯했다. 다로는 우리 쪽을 돌아보지도 않고 액셀을 당기며 사라져버렸다.

마유카와 나는 길 한가운데에서 멍하니 멈춰 섰다. 통근 수단을 생각 못 하다니, 나도 참 멍청했다는 말밖에 할 수가 없다. 탐정소설에선 도무지 나올 수 없는 전개였다.

"다로 씨는 오토바이로 통근을 하셨나 보네요……."

내 말에 마유카는 슬픈 듯이 눈썹을 찡그렸다.

"나도 몰랐는걸."

이야기를 들어보니 다로는 마유카와 보낸 3년 동안 오토바이를 갖고 있지 않았다고 한다. 아마 주소가 바뀌면서 필요해진 것이리라. 어쨌든 간에 나 역시 전혀 염두에 두지 못했던 만큼 그녀를 탓할 수는 없었다.

"어쨌든 여기 오면 다로 씨와 만날 수 있다는 게 확실해졌으니까 나중에 다시 오죠."

"다스쿠, 위험해!"

마유카가 비명을 지르는 바람에 나는 얼른 뒤를 돌아보았다.

자동차의 전조등이 나를 향해 돌진하고 있었다. 그 순간부터는 왕년의 드라마 명장면 못지않았다. 자동차 범퍼가 코앞까지 다가왔고 나는 몸을 잔뜩 뒤로 젖혔다. 트럭이 아니라 흰색 봉고차였지만 부딪히기 직전에 차가 정지하더니 운전석의 창유리가 열렸다.

"빨리 타!"

"도, 도와코 씨!"

핸들을 쥐고 있던 이는 다름 아닌 쓰쿠모 도와코였다.

"어떻게 여기에……."

"설명은 나중에! 자, 마유카 씨도 빨리."

나와 마유카는 영문도 모른 채 미닫이문을 열고 차에 올라탔다. 도와코 씨가 액셀을 밟자 차가 요란하게 으르렁거리며 달리기 시작했다.

"대충 이럴 거라 생각했거든. 잘 되어가나 보러 오길 잘했네." 도와코 씨는 의기양양하게 말하며 경쾌하게 핸들을 돌렸다.

대체 뭐부터 물어봐야 할지 모르겠다. 나는 일단 가장 궁금했던 것부터 확인했다.

"저기, 그런데 쓰쿠모 서점은 어떻게 하고 오신 건가요. ……아직 문 닫을 시간은 아닐 텐데요."

"그런 건 어떻게든 돼."

이게 무슨 동문서답인지 모르겠다. 하지만 진실을 아는 것이 무서웠던 나는 더 이상 추궁하지 않기로 했다.

큰길로 나오자 앞쪽에 다로의 오토바이가 보였다. 조금 멀긴 해도 계속 추적할 수 있는 거리였다. 퇴근 시간이라 길이 막히는 게 다행이었다.

"이 차, 도와코 씨 건가요?"

"원래는 부모님 차였는데 물려받았어. 낡긴 해도 쓰기 편해서 유용하게 활용하고 있지."

도와코 씨에게 의외로 봉고차가 잘 어울렸다. 하지만 칭찬으로 들릴 것 같지 않아서 그 말을 입 밖으로는 내지 않았다.

한동안 큰길을 달리자 길이 점점 한산해졌다. 다로의 오토바이는 자동차 사이를 이리저리 빠져나가면서 앞으로 쭉쭉 나아갔다. 우리가 탄 차가 점점 뒤처지기 시작했다.

"이 자슥, 더 싸게 달리랑께!"

도와코 씨는 핸들을 쿵쿵 때렸다. 이 사람은 핸들만 잡으면 인격이 바뀌는구나…….

"아, 다로의 오토바이가 왼쪽으로 돌았어요!" 마유카가 운전석과 조수석 사이로 몸을 내밀며 말했다.

5초 뒤에 같은 길에서 도와코 씨도 핸들을 꺾었다. 하지만 그 앞으로는 주택가가 펼쳐져 있어 다로의 오토바이가 보이지 않았다.

"이렇게나 모퉁이가 많으면 찾을 방법이 없겠네." 도와코 씨는 차를 서행시키며 말했다.

"그래도 큰길을 벗어나 주택가에 들어온 거니까 다로 씨의 집은 여기서 멀지 않을 거예요. 오토바이를 한 번 찾아보죠."

내 제안에 따라 도와코 씨는 차를 느리게 몰며 이리저리 이동했다. 다행히 이 근처의 건물은 주차장이 외부에 마련된 곳이 대부분이라 우리는 어둠 속에서 눈을 크게 뜬 채 오토바이를 찾아다녔다. 그렇게 20분 정도가 지났을 때 마유카가 왼쪽 방향을 가리켰다.

"저거 아냐?"

도와코 씨가 차를 가까이 대자 낡은 아파트 주차장에 한 대의 오토바이가 세워져 있었다. 계속 추적하는 사이 머릿속에 각인되었던 차량 번호와 동일했다. 틀림없는 다로의 오토바이였다.

"공동 주차장이니까 몇 호실인지까지는 모르겠네."

"나오는 걸 기다릴 수밖에요. 하지만 이제 곧 8시군요. 오늘은 집에서 계속 쉬지 않을까요?"

"내일 아침 출근 시간을 노리기로 하고, 오늘 밤은 이만 돌아가는 게 좋지 않을까?"

도와코 씨치고는 상식적인 판단이었지만 마유카는 난색을 표했다.

"아침엔 힘들어요. 저도 일을 가야 하니까요."

"그것도 그런가…… 그렇다면 다른 방법이 없겠네."

"다른 방법이라니, 뭔가 아이디어가 있는 거예요?"

도와코 씨는 그렇게 묻는 나를 백미러로 바라보며 말했다. "다스쿠 씨, 새로운 일을 지시할게."

"아, 뭔데요."

"이 아파트를 샅샅이 확인해줘. 다로 씨와 만날 때까지."

아니, 아니, 아니, 아니. 나는 양손을 내밀며 거부했다.

"이런 시간에 그런 짓을 했다간 신고당할 거예요. 게다가 가구 수도 많아 보이잖아요."

"잔말 말고 다녀와. 자, 빨리."

"싫다니까요. 잠깐, 이 찰칵 하는 소린 뭐죠? 왜 차 문을 열려고."

나와 도와코 씨가 그렇게 옥신각신할 때였다.

"다로!" 마유카가 외쳤다.

우리도 함께 그녀와 같은 방향을 바라보았다.

아파트 2층 복도에 누군가가 있었다. 다로였다. 설마 이런 시간에 외출을 할 줄이야…….

마유카가 즉시 차에서 내리려 했다. 하지만 미닫이문에 손을 대자마자 도와코 씨가 그녀를 제지했다.

"잠깐, 누군가와 함께 있는 것 같아."

우리는 다시 복도 쪽을 올려다보았다. 다로에 이어 몸집이 작은 여자 한 명이 강아지를 안은 채 현관 밖으로 나오는 것이 보였다.

두 사람은 계단을 내려오더니 아파트 밖으로 나와서 길을 따라 걸어갔다. 강아지의 목줄을 쥐고 있는 건 다로였다. 그리고 다른 쪽 손을 여자가 장난스럽게 잡았다. 상대방의 손가락과 손가락 사이에 자신의 손가락을 끼우고 있었다. 흔히 연인들끼리 손을 잡는 방식이었다.

"……왜 난 지금까지 그 생각을 하지 못했던 걸까." 마유카가 힘없게 중얼거렸다.

이제 다로가 마유카의 곁을 떠난 이유는 명백해 보였다. 게다가 그것은 어떻게 보면 누구나 쉽게 상상할 수 있는 이유였다. 하지만 주인의 눈높이로만 상대를 바라보던 마유카에게는 하나의 커다란 맹점이 있었다.

"내가 뭔가 실수한 게 있을까 봐 계속 자책하고…… 나와 상관없는 일로 나갔을 거라고는 전혀 생각 못 했어."

상대를 반려동물로만 바라본 탓이다. 그가 주인 없이 어떻게 살아가는지를 상상할 수 없게 된 것이다.

"애인이…… 생겼구나."

다로는 같이 살고 싶은 여자를, 마유카와 인연을 끊고서라도 그러고 싶은 여성을 발견한 것이다. 단지 그뿐이었다.

나는 지금까지 마유카를 구하기 위해 한때 필사적이었을 만큼 따뜻한 마음을 가진 다로가 아무 설명도 없이 마유카의 집을 나간 것을 아무리 해도 이해할 수 없었다. 내게 말을 전해달라고 할 바에는 자기 입으로 직접 이야기해도 되지 않을까? 마유카가 자책감에 힘들어하는 것을 막기 위해서라도 그녀에게 잘못이 없다는 이야기를 제대로 해주어야 하지 않을까?

하지만 진실을 알고 나니 다로는 이야기하고 싶어도 못 했을 거라는 생각이 든다. 애초에 마유카와 다로의 관계는 바 태스크에서 미라이가 부정적인 반응을 보인 것처럼 사람들이 쉽게 이해할 만한 것이 아니었다. 아마 다로는 지금도 연인에게 마유카와 보낸 생활에 대해 털어놓지 못했을 것이다. 그 사실을 완벽히 숨기려면 마유카와는 단호히 인연을 끊고 두 번 다시 엮이지 않는 수밖에 없다. 괜히 만나다가 들키기라도 한다면 주인과 반려동물의 관계를 언급하지 않고 마유카를 소개할 수는 없기 때문이었다.

굉장히 자기중심적이고 무책임한 이별이었다. 하지만 그렇게라도 하지 않으면 빠져나갈 수 없었다는 걸 이해할 것도 같다. 마유카와 보낸 생활이 그 정도로 편안했던 것이다. 다른 누군가를 사랑하게 됐을 때조차 독하게 마음먹지 않으면 뿌리칠 수 없을 만큼 따뜻하고 부드러운 이불이었던 것이다.

마유카는 허무한 결말을 이런 말로 매듭지었다.

"그래도 다행이야. 다로가 행복해 보여서."

그때 다로가 멀리서 이쪽을 돌아본 것은, 아마 단순한 우연이었으리라.

"마유카 씨도 행복해질 수 있을 거예요."

나는 그렇게 말하며 그녀의 눈물을 닦아주었다. 도와코 씨가 차를 움직이자 다로의 모습은 금세 밤의 어둠에 묻혀 보이지 않게 되었다.

8

편지가 왔어, 하고 마유카가 내 옆에서 말했다.

다로를 찾아낸 날로부터 사흘이 지나 있었다. 도와코 씨가 부과한 일을 완수한 나는 오랫동안 신세 졌던 마유카의 집을 내일 나오게 되었다. 그런 마지막 날 밤에 그녀를 바태스크로 데려온 것이다.

"편지라니, 다로 씨가요?"

나는 눈을 동그랗게 떴다.

"응, 그 사람도 나름대로 생각이 많았던 거겠지."

멀어져가며 이쪽을 돌아보던 다로의 모습이 머릿속에 떠올랐다. 그때 마유카를 알아본 것일까? 아니면 이건 역시 단순한 우연일 뿐이고 다른 이유 때문에 펜을 들게 된 것일까?

"한집에 살면서 그런 편지가 온 줄도 몰랐네요."

"당연하지. 다스쿠에겐 우편물을 건드리지도 못하게 했잖아."

"그래서 뭐라고 쓰여 있던가요?"

그 물음에 마유카는 쓸쓸한 미소를 지어 보였다.

"갑자기 나간 걸 사과했어. 그리고 사랑하는 사람이 생겨서 같이 살 수 없게 되었다는 이유도 적혀 있었고."

거기까지는 우리가 이미 밝혀낸 사실이 확실해진 것뿐이었다. 하지만 편지에는 다른 내용도 있었다.

"다로는 예전에 가까운 사람이 힘들어하는 표정을 짓고 있었는데도 아무 말 해주지 못했던 걸 계속 후회했대. 그래서 같은 표정을 한 나를 봤을 때 필사적으로 도우려 한 거야. 그건 나를 위해서인 동시에 그 사람이 스스로를 용서하기 위한 일이었다고 해."

마유카에게 다로가 필요했던 것뿐만 아니라 다로에게도 마유카 같은 사람이 필요했다. 내가 마유카와의 생활에서 편안함을 느낀 것 이상으로 두 사람의 관계는 긴밀하고 단단했던 것이다.

"하지만 나를 도움으로써 스스로를 용서하는 일이 결국 과거로부터 도망치는 일밖에 되지 못한다는 생각이 들고 나서, 과거와 똑바로 마주하면서 살아갈 각오가 생겼다나 봐. 그리고 힘들어한다는 이유만으로 누군가를 소중히 여기는 게 아니라, 소중한 사람이 힘들어할 때 제대로 말을 걸어줄 수 있는 사람이 되고 싶다고 적혀 있었어."

"예전에 말한 가까이에 있던 사람이 그 뒤에 어떻게 되었는지는요?"

"안 적혀 있었어. 후회된다는 말뿐이야."

전에 마유카에게 이 이야기를 했을 때도 다로는 그 뒷이야기를 밝히지 않았다고 했다. 모든 것을 털어놓지 않음으로써 마음속에서 선을 긋고 있는 것인지도 모른다.

"답장을 할 건가요?"

"아니, 그만둘래. 답장을 원치 않으니까 편지를 쓴 것 같거든. 나도 이제 이해했으니까 다로의 행복을 멀리서나마 기도하기로 했어."

그게 좋을지도 모른다는 생각이 들었다. 쓰쿠모 서점에서 울고 있던 그녀를 처음 만났을 때보다 훨씬 강해진 것 같았다.

"미라이가 미녀와 야수라고 했던 말 기억해?"

그때까지 잠자코 듣고 있던 도와코 씨가 갑자기 끼어들었다.

"다로의 사진을 보여줬을 때 말하는 거죠? 당연히 기억하죠."

"그러면 『미녀와 야수』가 어떤 스토리였는지는 알고 있으려나. 원작이든 영화든 다양한 버전이 있어서 세부적인 건 다 다르지만, 최종적으로는 어떤 결말을 맞이하는지."

"진실한 사랑을 손에 넣은 야수가 인간의 모습으로 돌아오지 않았나요?"

마유카의 대답을 듣고 도와코 씨는 미소 지었다. 나에게는 보여준 적이 없을 만큼 온화한 미소였다.

"다로도 진실한 사랑을 손에 넣고 야수에서 인간으로 돌아온 거야."

사이좋게 손을 잡고 걷던 다로와 연인의 모습이 떠올랐다. 하긴 그건 진실한 사랑이라 부를 만한 광경이었다.

"진실한 사랑……이라, 그건 얼마나 멋진 일일까요."

마유카는 눈부신 것을 보듯이 눈을 가늘게 떴다.

"지금도 저는 다로에 대해 연애 감정을 품었던 건 아니라고 생각해요. 하지만 그것과는 별개로 다로를 정말 깊이 사랑했다는 게 느껴지기도 하네요. 그것도 분명 진실한 사랑이었어요. 하지만 그 여자에겐 이길 수 없었던 거겠죠."

"이기고 지는 문제가 아니에요. 애정에도 다양한 형태가 존재하는 것뿐이죠." 나는 일부러 잘난 척 말했다.

짧은 기간이나마 마유카의 애정을 받은 사람으로서 말하자면, 야수를 사람으로 되돌리는 애정이 있는가 하면 사람을 야수로 만드는 애정도 존재하는 것이다. 단지 그뿐이었다.

"그런 마유카 씨에겐 이 술이 좋을 것 같네요."

그렇게 말하며 도와코 씨가 내민 것은 엷은 핑크색의 샷 칵테일이었다.

"이건……?"

"페어리 벨이라는 칵테일이에요. 진을 베이스로 에프리콧 브랜디, 그레나딘 시럽, 그리고 달걀흰자를 섞은 건데, 알코올 도수는 높지만 입에는 부드러울 거예요."

마유카는 잔의 손잡이를 집고 한 모금 마시더니 미소를 지었다.

"맛있어! 알코올의 불쾌함은 빠지고 부드러움과 달콤함이 남았네요. 무척 순해요."

"입에 맞아서 다행이에요."

도와코 씨는 살짝 눈인사를 한 뒤에 그 술을 추천한 이유를 설명했다.

"『미녀와 야수』의 주인공은 벨이라는 여성이에요. 그런데 '벨'은 사람 이름이 아니라 미녀를 뜻하는 프랑스어 'Belle'이거든요."

"그랬군요."

"페어리 벨도 요정처럼 아름다운 미녀라는 뜻의 이름이에요."

"어머, 저에게 딱이네요."

아, 역시 미녀라는 건 부정하지 않나 보다.

도와코 씨는 킥킥 웃으며 말했다. "바로 그런 마음가짐이에요. 마유카 씨라면 진실한 사랑을 금방 찾아낼 수 있을 거예요."

"네, 열심히 할게요."

이제 그녀는 반려동물에게 의존하지 않아도 괜찮을 것이다. 그녀가 새로운 한 걸음을 내디뎠다는 것이 기쁘면서도 한편으로는 쓸쓸하기도 했다.

그런데 오늘 밤 태스크는 우리 세 사람뿐이었다. 마유카가 마시는 술도 내가 완수한 일에 대한 보상이었기에 사실상 손님이 아무도 없는 셈이다.

그런데 이제야 뒤늦게 문을 열고 손님 한 명이 들어왔

다. 도야마 미라이였다. 그녀는 이미 지정석이나 다름없는 가장 안쪽 자리 대신 나를 향해 성큼성큼 걸어오더니 무작정 내 얼굴을 가리켰다.

"나도 다스쿠 씨를 기르게 해줘!"

……뭐어?

"사람을 기르는 게 어떤 건지, 궁금해서 못 견디겠어. 다스쿠 씨라면 이상한 생각이 안 들 것 같으니까 딱 좋잖아. 이번엔 내 차례야."

"아니, 잠깐만요. 미라이 씨, 진정하세요."

나는 도움을 요청하기 위해 옆을 돌아보았지만 마유카는 즐거워하는 것 같았다.

"나도 외로워지면 또 부탁해볼까? 다스쿠도 제법 나쁘지 않았으니까."

"네에? 도와코 씨, 어떻게 좀 해주세요."

"나도 길러볼까? 다스쿠 씨를 갖고 노는 것도 재미있을 것 같은데."

그건 이미 현재 진행형으로 하고 있으면서!

세 여자가 일제히 나를 기르겠다며 압박해오고 있다. 내 인생 최대의 인기 전성기인지도 모르겠다. ……어디까지나 반려동물로서의 인기지만 말이다. 그런데 현재 이 사람들이 나를 바라보는 눈빛이야말로 야수의 그것과 다를 바 없었다.

적어도 사람으로 대해주면 안 되는 건가. 세 사람의 손길을 완강히 뿌리치면서, 나도 빨리 진실한 사랑을 찾고 싶다는 생각이 절실히 들었다.

3RD TASK

『파국』

1

"일이 있어." 도와코 씨는 왠지 모르게 우울한 표정으로 말했다.

내 직장은 시내 제일의 번화가에서 전철로 약 20분 걸리는 구스다 역 근처의 쓰쿠모 서점이다. 그 지하에는 서점의 점장 쓰쿠모 도와코 씨가 혼자서 운영하는 바 태스크가 있다. 나는 그곳의 단골이지만 술값을 내지 않는다. 물론 매번 무전취식을 하는 것은 아니었다.

나는 지난 한 달 정도는 그럭저럭 평화롭게 이 바를 이용해왔다. 그러나 그것도 결국 오늘 같은 날을 위해 술을 대접받은 것이나 다름없었다. 가끔씩 도와코 씨가 맡기는 특이한 '일', 그것을 완수하는 것이야말로 바 태스크에서의 내 술값이었다.

"일……이라고요."

드디어 왔다. 내 손에는 도와코 씨가 주문도 듣지 않고 만들어준 가미카제 칵테일 잔이 들려 있었다. 보드카에 코안트로와 라임 주스를 섞고 얼음을 띄운 이 칵테일은 미국에서 탄생했는데, 일본의 가미카제 특공대를 방불케 하는 톡 쏘는 맛에서 유래한 이름이라고 한다. 이 술에 담긴 도와코 씨의 숨겨진 메시지가 없길 바랄 뿐이다.

"어젯밤 우리 가게에 온 손님의 신세 한탄을 듣다 보니까 이건 아무래도 다스쿠 씨가 나설 상황인 것 같았거든."

도와코 씨는 내 앞에 놓아둔 병(술을 무슨 재료로 만들었는지 손님에게 보여주기 위한 것이다)을 치우며 담담히 말했다. 나보다 열 살 정도 많은 30대 중반에 말투나 분위기는 차분해 보이지만 가끔씩 등골이 오싹해질 정도의 박력을 보여주기도 한다. 내가 쓰쿠모 서점에서 일한 두 달 동안 매일같이 얼굴을 맞대고 있지만 여전히 수수께끼가 많은 고용주였다.

나는 어젯밤 이곳에 오지 않았다. 그러니 신세 한탄을

늘어놓았다는 손님과 무슨 대화가 오갔는지 알 도리가 없었다. 하지만 카운터에 앉은 사토나카 준노스케와 도야마 미라이가 조용히 미소 짓는 것을 보면 두 단골손님은 내막을 알고 있는 모양이었다.

불길한 예감이 든다.

나는 용기를 내서 물어보았다. "그래서, 일의 내용은요?"

"오늘 밤에 그 손님이 또 와주기로 했어. 이야기는 그때 하자."

그래서 도와코 씨는 오늘 나를 태스크로 불러냈나 보다. 근무 중에 "꼭 와줘"라는 귓속말을 듣고 살짝 설렜던 것을 나는 진심으로 후회했다. 도와코 씨는 귓속말만으로 남자의 혼을 쏙 빼놓을 정도의 미인이었다.

"안녕하세요."

문이 열렸다. 들어온 사람은 도와코 씨와 비슷하거나 살짝 어려 보이는 남성이었다.

선량해 보이는 얼굴에 안경을 쓰고 있었다. 짙은 회색 정장을 보면 퇴근길에 들른 모양이다. 그는 나에게서 한 칸 떨어진 사토나카의 옆자리에 앉았다.

"I W 해퍼. 록으로 주세요."

남자는 익숙한 태도로 버번 위스키를 주문했다. 도와코

씨가 술을 준비하는 동안 유일한 초면인 나와의 통성명이 이루어졌다.

"저는 위의 서점에서 일하고 있는 나가하라 다스쿠라고 합니다."

"고이데 슌페이입니다. 여기는 어제 처음 와봤습니다. 서점에서 경영하는 책바가 있다는 얘기를 듣고 어떤 곳인지 궁금해서요."

태스크에 '책바'라는 간판이 달려 있던가? 나는 정확히 기억이 나지 않았지만 이 가게 단골인 미라이와 사토나카, 그리고 도와코 씨가 책을 주제로 자주 대화를 나누니까 책바를 찾아온 사람도 나름대로 재미있게 어울릴 수 있을 것 같았다.

"고이데 씨도 책을 좋아하세요?"

"네, 주로 외국 소설을요."

이 가게 안에 외국 소설을 좋아하는 사람이 또 있었나 생각했을 때였다.

"도와코 씨는 역시 서점의 점장답게 정말 해박하시더라고요. 어제는 저도 모르게 대화에 푹 빠져들었습니다. 마침 무라카미 하루키가 번역한 『위대한 개츠비』를 다 읽은 참이었거든요."

도와코 씨는 위스키 잔을 내밀며 싱긋 미소 지었다. 이 사람의 독서 지식이 참으로 해박하다는 걸 새삼 깨닫는다.

"'그를 사랑한 적은 한 번도 없다고 말해'에 관한 토론은 즐거웠어요."

"그게 뭔데요?"

내 질문에 고이데가 대답했다.

"데이지라는 유부녀에게 그녀의 옛 연인인 개츠비가 그렇게 강요하는 장면이 있거든요. 즉 남편을 사랑한 적이 없다고 본인 앞에서 말하라는 뜻이죠. 그렇게까지 요구하는 건 오만함, 혹은 유치함이 아닌가 하는 것에 대한 토론이었습니다."

"주인공인 닉도 '과거를 재현할 수는 없다'고 개츠비를 타이르거든. 한편 개츠비는 '안 될 리 없어'라고 대답해. 하지만 결국 데이지는 스스로에게 거짓말을 할 수 없었어. 그녀는 남편을 사랑했던 거야."

"죄송한데요, 제가 스토리를 잘 몰라서……. 데이지와 개츠비는 불륜을 저지른 건가요?"

"불륜……이라, 속된 표현 같기도 하지만 그렇게 말할 수도 있겠네요."

"데이지의 남편인 톰도 다른 여자와 불륜 관계였고, 거기서 어제 고이데 씨의 이야기가 나온 거였잖아요. 그러니까 고이데 씨, 그 이야기를 다스쿠 씨에게도 해주세요."

고이데는 알겠다고 말하며 술잔을 들었다.

"저는 한 증권 회사에서 일하고 있습니다. 직장은 번화가 쪽에 있지만 복잡한 곳을 좋아하지 않아서 방은 이쪽에서 구했죠."

구스다는 전형적인 베드타운이다. 집세는 번화가 쪽과 비교하면 훨씬 싸고 통근도 편했다.

"제가 현재 소속된 부서는 남녀를 합쳐 열한 명이라는 적은 인원으로 돌아가고 있어서, 식구들 사이에 문제가 발생하면 곤란해집니다만……."

그렇게 말하는 걸 보면 아마 문제가 생긴 모양이다.

"남자 동기와 후배 여직원이 아무래도 불륜 관계인 것 같아요. 두 사람이 팔짱을 끼고 호텔에서 나오는 걸 봤다고 같은 부서 동료가 말했거든요."

그 남자 동기의 이름은 와타베 오사무였고 5년 전에 결혼해서 아들까지 낳았다고 한다. 여직원은 나카조 에리카라는 이름이었다.

"그러다 자칫 잘못하면 직장 분위기가 엉망이 될 수도 있겠네요." 나는 안타까움을 담아 말했다.

고이데는 착잡한 표정이었다. "나카조 씨는 조금 건방진 구석도 있지만 제가 아끼는 후배거든요. 저도 평소에 눈여겨보고 있었던 터라 그 친구가 앞으로 곤란해지지 않을까 걱정입니다."

진심이 묻어나는 목소리였다. 주변을 잘 챙기는 사람 같았다.

"같은 유부남으로서 남자 동기를 용서할 수 없다고 했잖아요."

도와코 씨의 말을 듣고 고이데 역시 기혼자라는 사실을 알 수 있었다. 왼손 약지에 반지가 없는 것을 보면 평소엔 빼고 다니는 건지도 몰랐다.

"그렇죠. 당당하게 사귀어서 후배를 행복하게 해줄 수 있다면 저도 인정할 테지만, 불륜이라면……."

"고이데 씨는 와타베 씨하고 친하나요?"

"동기니까 신입 때는 같이 술을 마시러 가기도 했습니다. 하지만 점점 라이벌 같은 관계가 되어버려서……. 물론 지금이야 유능한 그 녀석이 평범한 저를 훨씬 앞질러 가버렸지만요."

"불륜을 그만두라고 직접 말할 사이는 아닌 거네요."

"말을 해봤자 교묘하게 둘러대면서 빠져나갈 겁니다. 그녀석, 그런 부분에선 워낙 빈틈이 없는 성격이라서요."

그때 도와코 씨가 내 쪽을 돌아보았다.

"그렇게 됐으니까 다스쿠 씨, 이번에는 그 불륜 커플을 파국으로 몰아넣어줬으면 해."

"네에, 파국으로…… 앗." 나는 조금 늦게 손을 내저었다. "절대 못합니다, 그런 건. 지금까지 했던 일과는 차원이 다르잖아요."

지금까지 했던 일에서는 적어도 다른 이의 원한을 살 염려는 없었다. 그러나 한 커플을 파국으로 몰아넣는다면 설령 그게 본인들을 위한 일이라 해도 원망의 대상이 될 수 있을 것이다. 그런 성가신 일은 딱 질색이었다. 하지만 도와코 씨는 내 반발 따윈 신경조차 쓰지 않았다.

"괜찮아. 요즘에는 이별 중개사 같은 직업도 생겼다고 하잖아. 다른 사람이 할 수 있는 일을 다스쿠 씨가 못할 리 없어."

이 사람은 날 대체 뭐라고 생각하는 걸까. 나는 다른 사람이 할 수 있는 일을 못 해서 회사를 그만둔 인간인데 말이다.

"불륜이 좋지 않다는 건 알지만 억지로 헤어지게 만드는 건 지나친 참견이 아닐까요? 남의 말을 듣고 헤어질 정도라면 처음부터 사귀지도 않았을 텐데요."

"대놓고 헤어지라고 다그쳐봐야 당연히 안 통하겠지. 작전을 생각해야 해."

도와코 씨는 진지하게 고민하는 척하지만 내심 즐거워하는 눈치였다.

"쉬운 일은 아닐 테지만 저도 부서 내에서 문제가 될 만한 싹은 빨리 잘라내고 싶네요. 부서 사람들끼리는 할 수 있는 일에 한계가 있을 테고, 제삼자가 나서준다면 그만큼 고마운 일은 없을 겁니다."

고이데가 그렇게 부탁하자 나로서도 마냥 거절할 수만은 없었다.

"하지만 무슨 작전인데요?"

"나도 자세히는 모르지만……."

도와코 씨는 팔꿈치를 손으로 받쳤다. "이별 중개사의 전형적인 수단이라면 역시 다른 이성에게 접근해 유혹하는 게 아닐까?"

미라이가 신이 나서 끼어들었다. "다스쿠 씨는 남자니까 에리코라는 여자한테 접근하면 되겠네."

"접근하다니, 무슨……." 나는 얼굴에서 핏기가 사라지는 것을 느꼈다. "저는 잘생기지도 않았고 여자 앞에서 말도 잘 못하고, 게다가 돈도 없는데…….”

“그 작전은 글쎄요, 잘 될는지…….”

고이데의 말은 남자로서의 내 매력을 무시하는 것처럼 들리기도 했지만, 그의 말대로 도무지 잘될 것 같지 않은 게 사실이었다.

“어머, 다스쿠 씨도 자세히 보니까 제법 잘생겼는데?”

도와코 씨의 말은 진심이 아니라 그저 이야기를 더 재미있게 만들려는 것뿐이었다. 친척 어르신들의 영혼 없는 칭찬과 다를 게 없다고 생각했을 때였다.

“맞아, 맞아. 다스쿠 씨가 인기 없는 스타일에 이성적으로 잘 안 보이기는 해도 얼굴 생김새는 나쁘지 않잖아.”

미라이도 도와코 씨의 평가를 지지했다. 그녀가 가진 미적 판단 기준의 정확성은 그렇다 쳐도, 애초에 내게 아부를 떨 만한 성격이 아니므로 그 말은 진심일 것이다. 은근슬쩍 날 깎아내린 것까지 포함해서 말이다.

“그, 그런가요?”

이런다고 살짝 기분이 좋아진다는 게 스스로도 한심했다. 미라이는 지금이 밀어붙여야 할 순간이라고 판단했는지 더욱 치밀한 작전을 제시했다.

“다스쿠 혼자 힘으로 정면 돌파는 어려울 테니까 운명적인 만남을 연출해야겠지.”

“그거라면 세련된 바의 카운터에서 다스쿠 군이 옆에 와서 앉는 건 어떤가?”

사토나카가 의견을 냈지만 미라이는 얼굴을 잔뜩 찌푸렸다.

“바에서 운명적인 만남이라니, 발상이 너무 하드보일드하잖아. 애초에 다스쿠 씨가 바 같은 데서 닭살 돋는 대사를 할 수나 있겠어?”

“나카조 씨가 바에는 거의 가지 않을 거예요. 술이 그렇게 센 편은 아닌 것 같거든요.”고이데도 반대 입장을 드러냈다.

“다스쿠 씨의 평소 캐릭터를 감안했을 때 떨어뜨린 지갑을 줍게 하는 건 어떨까?”

도와코 씨가 질리지도 않고 나를 골탕 먹이는 의견을 냈다. 그런데 그 말에 미라이도 찬성을 했다.

“그거 괜찮네! 다스쿠 씨는 조금만 잘해줘도 금세 넘어가버릴 것처럼 생겼잖아.”

내가 힘들 때 따뜻하게 대해준 여자에게 고백했던 과거만 보고 미라이는 착각을 하고 있는 것 같다.

“전 싫습니다. 좋아하지도 않는 여자에게 접근하는 건.

아니, 지갑을 떨어뜨리는 걸로 이성의 관심을 끌 수 있으면 세상 길바닥은 온통 지갑으로."

그 순간 내가 말을 멈춘 건 도와코 씨의 기분이 눈에 띄게 언짢아진 걸 발견해서였다. 그녀는 손에 든 행주를 카운터에 거칠게 내려놓았다.

"됐어, 다스쿠 씨에겐 이제 부탁 안 할 테니까. 그 대신 지난 한 달 동안 마신 술값이나 내. 크게 깎아줘서 17만 엔이야."

17만 엔! 한 달 알바비가 통째로 날아가버릴 정도의 금액이었다. 그리고 도와코 씨는 당연히 내 월급이 어느 정도인지 정확히 꿰고 있었다. 그걸 토대로 현실적으로 지불할 수 있는 금액을 제시한 것이다.

"……기대는 하지 마세요. 이건 질 수밖에 없는 싸움입니다."

나의 대꾸에 도와코 씨는 만족스럽게 웃었고 미라이는 "파이팅!" 하고 무책임한 응원을 했다. 고이데는 착잡한 표정을 짓고 있었다. 나는 가미카제를 단숨에 들이켜면서 이번 일은 역시 가망 없는 자살 특공이라는 걸 다시 한번 깨달았다.

2

일을 너무 못해서 우울해하던 회사원 시절에 상사가 이런 말을 해준 적이 있다.

"일이라는 건 말이지, 보통 자기가 할 수 있다고 생각하는 것보다 조금 어려운 게 닥쳐오는 법이야. 사람은 그런 조금 어려운 일을 극복해나가면서 성장하는 거지. 나가하라도 지금 그런 시기인 것뿐이야. 지금은 힘들겠지만 여기서 도망치면 분명 후회하게 돼."

한 가지 미리 말해두고 싶은 것은 내게 직장 운이 없지는 않았다는 사실이다. 소위 말하는 악질 기업도 아니었고 지금 언급한 상사도 내 상태가 이상하다는 걸 느끼고 격려해줄 만큼 마음씨가 따뜻한 사람이었다.

그런데도 나는 일을 그만두었다. 그리고 지금도 그 결심을 후회하지 않는다. 그대로 직장에 계속 남았다면 나는 분명 더욱 심하게 망가졌을 것이다. 현재는 아르바이트생 신분이지만 그때와 비교도 되지 않을 만큼 평온한 일상을 보내고 있다.

신은 극복할 수 있는 시련만 내린다는 말을 나는 믿지 않는다. 사람에겐 극복할 수 있는 시련과 극복하려고 해선 안 되는 시련이 존재하는 것이다.

그렇다면 이번 일은 과연 어느 쪽일까? 스스로를 성장시키는 '조금 어려운' 일일까? 아니면 도망쳐야 할 일일까? 나는 그런 생각을 하며 밤거리에서 잠복을 하고 있었다.

"……아, 왔다. 저 사람이야."

옆에 있던 고이데 슌페이가 편도 2차선 도로 반대편의 인도를 가리켰다.

오늘 밤 우리는 고이데가 다니는 증권 회사의 건물 입구를 감시하고 있었다. 퇴근하는 나카조 에리카를 기다렸다가 그녀가 내 지갑을 줍게 하기 위해서였다.

그녀를 기다리는 동안 고이데는 "이런 방법으로 잘될지 모르겠군" 하고 연신 고개를 갸웃거렸다. 나도 영 잘될 것 같지가 않았다. 그저 도와코 씨의 마음에 들도록 지시에 잘 따를 뿐이다.

건물에서 나온 나카조 에리카는 회색 치마 정장을 입고 있었다. 치마 길이는 조금 짧았고 주변이 어두워서 자세히 보이지는 않았지만 예쁜 얼굴이었다. 허리를 꼿꼿이 펴고 성큼성큼 걸어가는 모습을 보니 기가 세 보이는 느낌도 들었다.

"갑자기 나타나면 수상하게 생각할지도 모르니까 잠깐

쫓아가다가 시작하자고."

우리는 고이데가 제안한 대로 나카조에게 들키지 않도록 조심하면서 도로 반대편에서 그녀를 추적했다. 나카조는 전철로 통근하기 때문에 역까지 이동하는 동선을 완전히 파악하고 있었고 적당한 거리를 유지하면서 뒤쫓는 건 어렵지 않았다.

교차점에 접어들었을 때 고이데가 내 뒤로 몸을 숨겼다.

"이 앞에서 나카조 씨가 횡단보도를 건너 이쪽으로 올 거야. 다스쿠 군은 그녀가 오는 걸 기다렸다가 지갑을 떨어뜨리면 돼."

나는 주변을 둘러보았다. 지나가는 사람들이 별로 많지 않은 것을 보면 확실히 절호의 기회였다.

"근처에 있다가 나카조 씨에게 들키면 안 되니까 난 멀리 떨어져서 지켜볼게. 잘 부탁해."

고이데가 가버리자 나는 갑자기 불안해졌다. 그사이 보행자 신호등이 파란색으로 바뀌면서 나카조가 이쪽을 향해 걸어오기 시작했다.

한 곳에 계속 서 있는 것도 이상해 보일 것이다. 나는 횡단보도를 건너려다가 길을 착각한 것을 깨닫고 다시 되돌아가는 연기를 했다. 자연스러웠는지는 모르겠다. 오히려 잔뜩 수상해 보였을 수 있다.

어쨌든 그 결과 나카조와 나 사이에 다른 행인은 아무도 없었다. 나는 뒤를 확인할 수 없어 답답해하면서도 횡단보도에서 대여섯 걸음 떨어진 곳에서 어깨에 멘 토트백을 뒤지는 척하며 지갑을 떨어뜨렸다.

물론 다른 사람이 가져가도 상관없는 가짜 지갑이었다. 안에는 최소한의 잔돈과 기한이 지난 포인트 카드가 몇 장 들어 있을 뿐이었다. 하지만 이 방법은 한 번 실패하면 다시 시도할 수 없다. 나카조가 지갑을 줍지 않는다고 똑같은 상황을 반복해서 만드는 것은 아무래도 부자연스럽기 때문이었다.

제발 주워줘. 내가 그렇게 기도하고 있을 때였다.

"저기요."

누군가가 어깨를 두드리는 느낌이 들자 나는 무심결에 환호성을 지를 뻔했다.

뒤를 돌아보자 나카조 에리카가 내가 떨어뜨린 지갑을 들고 서 있었다.

"이걸 떨어뜨리셨는데요."

그녀가 입가에 희미한 미소를 띠며 나를 올려다보고 있었다. 가까이서 봐도 역시 예뻤다. 어깨까지 내려오는 흑

발은 끝에 웨이브가 살짝 들어가 있었다. 나이는 나보다 한 살 많다고 하지만 똑 부러져 보이는 것이 같은 또래로 느껴지지 않았다.

미리 준비해둔 대사를 말하는 것뿐인데도 나는 혀가 잔뜩 꼬여 있었다.

"고, 고맙습니다. 이걸 잃어버렸다면 오도 가도 못할 뻔했어요. 그러니까 그게, 덕분에 살았습니다."

스스로도 어색하다는 게 느껴졌다. 나카조는 가볍게 고개를 숙이고는 다시 갈 길을 가려고 했다. 나는 그녀를 필사적으로 불러 세웠다.

"잠시만요. 저기, 보답을 하고 싶은데요."

그러자 그녀는 의아한 표정을 지으며 말했다. "보답이라고요? 아니, 괜찮아요."

계속 매달려봐야 더욱 경계심만 사게 될 것이다. 다급해진 나는 사극에 나오는 마을 처녀 같은 대사를 읊고 말았다.

"그러면 이름만이라도……."

"정말 괜찮아요. 지갑을 주운 것뿐이잖아요."

나는 이런 상황에서 그녀를 붙잡을 방법을 더는 알지 못했다. 멀어지는 나카조를 지켜보며 의기소침해진 내게 고이데가 돌아왔다. 그는 쓴웃음을 짓고 있었다.

"전혀 안 통했네."

"제가 뭐랬어요."

내 마음은 벌써 약해지고 있었다.

"이제 그만두죠. 이런 짓을 해봐야 나카조 씨는 경계만 심해질 뿐입니다. 저한테 관심을 가지는 건 꿈같은 이야기예요. 고이데 씨도 이 작전을 그만두자고 도와코 씨를 설득해주세요."

"작전은 중지하지 않을 거야."

한 시간 뒤 바 태스크에서 도와코 씨는 내 애원을 단칼에 물리쳤다.

"처음엔 다 그래. 지갑을 주워준 정도로 친해질 수 있다고 생각하면 그게 멍청한 거지."

미라이가 연신 고개를 끄덕거렸다. "보답을 하겠다고 하면 나라도 경계할 것 같은데."

"그러면 왜 시켰냐고요……." 나는 어이가 없었다.

"일단 어디서든 만나지 않으면 다음 단계로 진행할 수가 없잖아. 괜찮아. 인연이 있다는 걸 알게 되면 그녀도 분명 경계심을 풀 테니까. 그러기 위해서라도 이번에는 고이데 씨가 힘을 써줘야겠어."

"네……."

고이데도 별로 내키지 않는 눈치였다. 그러면서도 도와
코 씨의 말을 순순히 듣는 걸 보면 우리는 똑같은 호구들
인가 보다.

일주일이 지났을 때 서점에서 근무하던 내 휴대폰이 고
이데의 메시지를 수신하며 진동했다.

'오늘 밤 나카조 씨의 동향을 파악했어. 작전을 실행에
옮기고 싶어.'

나는 즉시 보고를 하러 갔다.

바에 있을 때와 다른 앞치마를 두른 도와코 씨는 책장의
책을 정리하던 손을 멈췄다.

"오늘은 빨리 퇴근해도 돼. 열심히 해."

나는 시키는 대로 하고 일단 집에 와서 괜찮은 옷으로
갈아입었다. 밤을 맞아 떠들썩한 번화가에서 지시받은 가
게 앞에 도착하자 고이데가 나를 발견하고 손짓을 했다.

"오늘 밤 동기 여직원하고 여기 있는 오이스터 바에 간
다는 이야기를 들었어. 아마 지금쯤 가게 안에 있을 거야."

식당에서 우연을 가장해 나와 나카조 에리카를 재회시
킨다. 이것이 도와코 씨가 생각한 두 번째 작전이었다.

"그때 고이데 씨가 옆에 있으면 나카조 씨도 다스쿠 씨를 더 이상 경계하지 않을 거야."

그게 바로 도와코 씨의 설명이었다. 하긴 신원이 확실치 않은 상태보다는 동료의 지인이라고 알게 되는 편이 마음을 열기가 쉬울 것이다. 이번 재회를 위해 고이데는 나카조가 특정한 식당에 간다는 정보를 입수하고(게다가 본인에게 물어보면 우연을 가장할 수 없으므로 반드시 몰래 엿들어야 했다) 그 정보를 나에게 알려주었다. 이제 곧 나카조와 만나면 고이데는 우연히 같은 가게에 왔다는 연기를 해야만 했다. 그래서 도와코 씨는 고이데가 힘을 써줘야 한다고 말한 것이다.

"하지만 나와 다스쿠 군이 단둘이 가는 건 조금 이상하지 않으려나?"

고이데가 걱정하는 바도 지당했다. 하지만 그 부분은 이미 대비가 되어 있었다.

"도와줄 사람을 불러뒀어요. 이제 슬슬 올 때가 됐는데."

그때 우리에게 종종걸음으로 다가오는 여성이 있었다.

"다스쿠 씨!"

"와줘서 고마워, 미라이 씨."

내가 인사하자 미라이는 생긋 웃었다. 태스크에서 볼 때는 항상 드레스 같은 원피스를 입고 있었지만 오늘 밤은 오프숄더 티셔츠에 바지를 입은 캐주얼한 복장이었다.

"천만에, 나는 굴을 완전 좋아한다고."

당초의 목적을 잊어버린 게 아닌지 불안했지만 그녀를 부른 사람은 바로 나였다. 여성의 경계심을 누그러뜨리려면 다른 여자와 함께 있는 게 가장 낫다고 판단한 것이다. 음식 값은 아마 고이데가 내줄 것이다. 나와 미라이는 둘 다 알바생이고 오늘 고이데를 도와주러 왔으니 말이다.

"단둘이 가는 것보다는 낫겠군. 좋아, 그러면 들어가지."

우리는 고이데를 선두에 세우고 상가 건물 2층에 있는 오이스터 바에 들어갔다. 여기서 빈자리가 없기라도 하면 일이 귀찮아질 테지만 평일 밤이라 다행히 만석은 아니었다. 우리는 점원의 안내를 받아 어둑어둑한 가게 안쪽으로 들어갔다.

그러다 곧 고이데가 상기된 목소리로 말했다. "아니, 나카조 씨! 사토 씨도 있었네."

카운터석에 앉은 정장 차림의 두 여성이 이쪽을 돌아보았다. 한 명은 나카조 에리카였다. 옆에 앉은 짧은 머리의 통통한 여성은 사토라는 이름인 듯했다.

"어라, 고이데 씨. 여긴 무슨 일로……?"

"무슨 일은, 한잔하러 왔지. 그런데 신기하네, 이런 데서 다 만나고."

"저기, 혹시."

내가 이때라는 듯이 끼어들자 나카조는 나를 보고 눈을 크게 떴다.

"아, 그때 지갑을 떨어뜨리신……."

"역시 맞았네요. 설마 또 만나게 될 줄이야."

"뭐야, 뭐야. 두 사람 아는 사이였어?"

연기임을 알고 보니까 고이데가 놀라는 모습은 어색하기 그지없었다. 나는 고이데에게 설명하는 연기를 했다.

"지난번에 길에서 지갑을 떨어뜨렸거든요. 이분이 금방 주워주셨지만요."

나는 "그때는 감사했습니다"라고 말하며 나카조에게 고개를 숙였다. 나카조는 "아니에요" 하고 손을 내저었다. 뒤에 서 있던 미라이가 내 귓가에 속삭였다.

"뭔가 되게 뻔뻔하네."

"조용히 해."

나는 도와코 씨가 자주 그러는 것처럼 위압적으로 말해 보았다. 미라이는 어깨를 움츠렸다.

"두 사람은 어떻게 아는 사이예요?" 나카조가 물었다.

고이데는 사전에 입을 맞춘 대로 대답했다. "내가 자주 가는 바의 단골이거든. 굴이 먹고 싶다길래 데려왔어."

바에서 만난 친구라는 건 사실이니까 깊이 추궁해도 잘 둘러댈 자신이 있었다.

그때 미라이가 도와주려는 듯이 아양을 떨었다. "고이데 씨는 정말 얼마나 어른스러운지 몰라요. 저희가 항상 얻어 먹는다니까요."

그 말을 들은 나카조는 눈부시다는 듯이 고이데를 바라보았다. 미라이 녀석, 여기서 고이데를 띄워서 뭘 어쩌자는 거야? 나카조와 친해져야 하는 건 바로 나인데 말이다.

"여기는 나가하라 다스쿠 군이야. 친하게 지내라고."

고이데가 내 어깨에 팔을 둘렀다. 사토라 불린 여성은 붙임성 있게 "잘 부탁드립니다"라고 호응했지만 정작 나카조는 난처해하는 듯했다.

"네에, 잘 부탁해요."

시큰둥한 반응을 보니 그냥 집에 가고 싶어졌지만 여기서 물러난다면 전부 헛수고였다. 나는 용기를 내어 그녀에게 한 걸음 다가가보았다.

"가까워진 기념으로 연락처라도……."

그러자 바로 미라이의 한숨 소리가 들렸다. 나카조는 어색한 미소를 지었다.

"죄송하지만 저에게 용무가 있으시면 고이데 씨를 통해서 연락해주세요."

"아, 알겠습니다. 그럼 이만……."

나는 도망치듯 카운터를 벗어났다. 하지만 그대로 집에 갈 수는 없었기에 안쪽 테이블석에서 고이데, 미라이와 함께 셋이서 자리를 잡았다.

"이야, 다스쿠 씨. 설마 거기서 연락처를 물어볼 줄은 몰랐네."

미라이가 생굴을 먹으며 비꼬자 고이데도 동조했다.

"다스쿠 군, 여자 앞에서 말을 잘 못 한다고 하던데 정말인가 봐."

울고 싶어진다. 모처럼 나온 생굴을 먹어도 잘 넘어가지 않았다.

"이 일은 저에게 너무 안 맞아요."

"뭐, 이런 것도 다 경험이라니까. 다스쿠 씨도 언젠가는 여자와 가까워지는 방법을 터득하게 될 거야. 아, 이 굴 정말 맛있네!"

미라이는 내 몫의 굴까지 멋대로 먹어치우며 행복한 표정을 짓고 있었다.

그리고 우리 셋은 다시 바 태스크로 돌아왔다.

"그게 말이야, 이 남자들이 이렇게나 한심한 줄은 몰랐다니까. 다스쿠 씨는 상대 여자한테 완전히 기가 죽었어."

오이스터 바에서 실컷 먹고 마신 미라이는 거나하게 취해 있었다.

"어머. 미라이, 힘들었겠네."

도와코 씨는 느긋한 얼굴을 하고 있었다. 손에 든 잔의 내용물은 평소처럼 우유였다.

"힘든 건 바로 저라고요……."

내가 카운터에 엎드려 있자 도와코 씨는 베일리스를 사용한 아주 달콤한 칵테일을 만들어주었다.

"좌절하면 안 돼. 대화를 나눠보고 다스쿠 씨가 어떤 사람인지를 인식시킨 것만으로도 진전이 있었다고 봐야지."

그런 걸 진전이라 부른다면 지나치게 긍정적인 사고방식이 아닐까. 도와코 씨는 그 자리에 없었으니까 이런 무책임한 소리를 할 수 있는 거다.

"만약 그게 진전이었다 쳐도 이런 속도로 그녀에게 도달하려면 100년 정도는 걸리겠어요. 작전을 처음부터 다시 짜는 게 낫지 않을까요?"

도와코 씨도 조금은 태도가 누그러졌는지 작전을 절대

바꿀 수 없다는 말은 하지 않았다.

"한 번 정도만 더 시도해봐도 괜찮지 않을까? 단순 접촉 효과라는 말도 있잖아."

단순 접촉 효과란 반복해서 접한 사람이나 물건에 자연스레 호감을 갖게 된다는 심리학 용어였다. 무슨 말을 하려는지는 나도 안다. 하지만 그 접촉이 너무 억지스러워서 시도조차 쉽지 않다는 게 문제였다.

"지금 상태에서 나카조 씨와 세 번째 만남을 주선하는 건 지극히 어렵다고요."

하지만 도와코 씨는 꿈쩍도 하지 않았다.

"고이데 씨가 있으면 어떻게든 될 거야."

그 뒤로 또 열흘 정도가 지났을 때였다. 서점에서 일하던 내게 속쓰림을 유발하는 고이데의 연락이 왔다.

'오늘 밤 나카조 씨와 약속을 잡는 데 성공했어.'

퇴근 후에 동료들을 몇 명 모아 술자리를 잡은 모양이었다. 이야기를 잘해서 나를 합류시키겠다고 메시지에 적혀 있었다.

작전이라 할 만큼 거창한 일도 아니었다.

도와코 씨는 고이데가 나카조와 식사를 하다가 그 자리

에 나를 불러낸다는 지극히 단순한 방법을 제안했다. 더 이상 우연을 가장하는 것은 무리가 있으니 그럴 필요가 없다는 이야기였다.

동료들끼리 마시는 자리에 외부인인 내가 합류하는 것이므로 이야기를 어떤 식으로 풀어가든 이상해 보일 수밖에 없다. 그 위화감을 얼마나 줄일 수 있는지는 오로지 고이데 씨의 역량에 달려 있었다.

나는 도와코 씨에게 이야기를 하고 먼저 퇴근한 뒤에 번화가로 향했다. 술자리 장소는 미리 받은 메시지에 적혀 있었기에 언제든 합류할 수 있도록 근처 카페에서 대기하기로 했다. 잠시 후 고이데에게서 전화가 걸려왔다.

"여보세요. 다스쿠 군, 지금 어디야? 그래, 그거 마침 잘됐네. 지금 근처에서 마시고 있는데 혹시 괜찮다면 오지 않겠어? 지난번 오이스터 바에서 만난 나카조 씨와 사토 씨도 함께야."

물론 이것은 고이데가 동료들 앞에서 전화를 걸고 혼자 연기를 한 것이다. 내가 근처에서 기다리고 있다는 것은 고이데도 당연히 알고 있었다.

나는 카페에서 나와 무거운 발걸음을 옮기며 술집으로 향했다. 이렇다 할 특징이 없는 선술집에 들어가자 고이데가 억지스럽게 상기된 목소리로 나를 맞이해주었다.

"왔네, 왔어! 다스쿠 군. 어서 앉아."

나는 권하는 대로 고이데의 옆자리에 앉았지만 벌써부터 집에 가고 싶었다. 바로 앞에 앉은 나카조뿐만 아니라 동석하고 있던 낯선 두 남자도 나를 어떻게 대해야 좋을지 몰라 당황한 눈치였기 때문이다. 오이스터 바에서도 만났던 사토는 유일하게 나를 환영해주는 분위기였지만 그것만으로 이 자리가 편해질 리는 없었다. 결국 고이데의 역량은 대단치 않았던 셈이다.

"그런데 왜 회사분들하고 마시는 술자리에 저를 부르신 거예요?"

이 질문은 자연스러워 보였으리라.

고이데는 내 어깨를 토닥이며 말했다. "다스쿠 군이 나카조 씨를 보고 예쁘다고 했잖아. 만나고 싶어 할 것 같아서 부른 거야."

호오, 그런 식으로 몰아가는 건가. 조금 억지스럽긴 해도 지금은 그 이야기에 맞춰나갈 수밖에 없었다. 나는 쑥스러워하는 것처럼 보이길 바라며 미소를 지었다.

"그걸 본인에게 말하면 어떡해요. 아이 참, 이거 죄송하네요."

마지막 사과는 나카조를 향한 것이었다.

그녀는 고개를 저었다. "아니, 상관없어요. 저야 기쁘죠."

나카조는 난처해하면서도 싫지만은 않은 눈치였다. 분위기도 지난번처럼 냉담하게 느껴지진 않았다. 도와코 씨의 말마따나 세 번째 만남에서는 정말 경계심이 누그러지는 건지도 모르겠다.

갑자기 연락처를 물었다가 미라이에게 비웃음을 산 경험을 살려서, 이번에는 한동안 별것 아닌 대화에 전념했다. 주로 고이데와 나카조, 사토가 말을 하고 나는 듣는 역할로 물러났다. 나머지 남자 사원들은 둘이서 따로 이야기를 나누고 있었다. 처음에는 내 등장에 난처해하던 나카조의 표정도 시간이 지나면서 점점 편안해졌다. 대답이 시원시원해서 세 보이는 인상은 크게 바뀌지 않았지만, 함께 있으면 기분이 좋아지는 사람 같았다. 이런 식으로 만나지 않았다면 정말 호감을 품었을지도 모르겠다.

충분히 분위기가 무르익었을 때 나는 큰맘 먹고 그녀에게 말을 꺼냈다.

"나카조 씨는 지금 사귀는 사람이 있으신가요?"

그러자 나카조는 역시 당황한 표정을 지었다.

고이데는 놀리듯 말했다. "다스쿠 군, 바로 핵심을 파고

들었네.”

“실례가 됐을까요? 하지만 그걸 물어보지 않고 다가가면 안 될 것 같았거든요.”

나카조는 불쾌해하진 않는 것 같았다.

그녀는 몸가짐을 바로 하며 단호히 말했다. “있어요, 사귀는 사람.”

“어라? 나카조 씨, 남자친구 없다고 하지 않았어?”

이름 모를 남자 사원이 눈을 동그랗게 뜨며 끼어들었다. 사토조차 그녀의 말에 놀라고 있었다.

“지금까지 숨겨서 미안해요. 실은 저, 반년 전부터 어떤 남자와 사귀고 있어요.”

나카조는 다른 사원들에게 사과를 한 뒤에 나를 돌아보았다.

“그러니까 그쪽의 호의를 받아들일 수는 없어요. 죄송합니다.”

태도를 분명히 하는 것도 호감이 갔다. 개인적으로는 어설프게 배려하는 것보다 훨씬 낫다.

나는 고이데와 눈빛을 주고받았다. 방금 말한 남자가 불륜 상대, 즉 와타베를 가리키는 것일까?

“남자친구는 어떤 사람이야?”

사토가 흥미진진하게 물었기에 내가 직접 추궁하는 수고를 덜 수 있었다.

"1년 전쯤이었나, 좋아하는 사람이 생겼거든. 그런데 그 사람은 이미 애인이 있는 상태라서 포기할 수밖에 없었어. 그때 일로 나한테 이것저것 상담해주다가 가까워졌어."

나카조의 설명은 거침이 없었고 금방 지어낸 이야기처럼 들리지는 않았다. 역시 와타베에 관해 이야기하고 있는 것이리라.

애인이 있다고 좋아하는 사람을 포기하는 대신 유부남과 사귀다니. 얄궂긴 하지만 그런 일도 충분히 있을 수 있다. 연애 감정은 논리로 설명할 수 없는 법이다.

"결혼까지 생각하는 거야?" 고이데가 신중하게 물었다.

나카조는 아주 잠깐이지만 상처받은 표정을 지었다.

"언젠가는 그럴 생각이에요. 하지만 지금 당장 그러긴 힘들어서요……."

"어째서?"

고이데의 그 말은 잔혹하게 느껴졌다. 상대가 유부남이라 결혼할 수 없다는 걸 전부 알고 있지 않은가.

여기서 나카조는 잠시 뜸을 들였다. 적당한 거짓말을 지어내고 있는 것이리라.

"그 사람이 지금 하는 일 때문에……. 하지만 언젠가는 결혼하자고 서로 약속했어요."

나는 그 말에 담긴 절실한 마음을 느끼고 말았다. 아마 와타베는 처자식을 버리고 나카조와 함께 살겠다고 약속했을 테고, 나카조는 그것을 진실이라 믿고 있다. 적어도 믿고 싶어 한다.

다음 순간, 나는 도와코 씨가 시킨 일과 오늘 밤의 작전을 깨끗이 잊어버리고 말았다. 나라는 인간의 무엇으로도 감출 수 없는 정직한 부분이 재채기처럼 불쑥 튀어나온 것이다.

"그 사람은 그만두는 게 좋지 않을까요?"

나카조의 표정이 얼어붙었다. 고이데가 당황하며 내 어깨에 손을 얹었다.

"이봐, 다스쿠 군. 아무리 차였다지만 그렇게까지……."

냉정해져도 괜찮았을 것이다. 무난한 말만 꺼내는 게 훨씬 나다웠다. 그런데 무슨 일인지 나는 필사적으로 그녀를 몰아붙이고 있었다.

"실제로 결혼해서 행복해질 수 있다면 저도 깨끗이 물러날 겁니다. 하지만 지금의 나카조 씨는 조금도 그렇게 보이지 않아요. 뭔가 걱정되는 일이, 그것도 남들에게 털어놓지 못할 일이 있으면서도 언젠가는 결혼할 수 있다는 말로 자신을 기만하는 거라면, 그런 사람과의 관계는 그만두는 게 좋습니다."

"내가 왜 그쪽한테 그런 이야기를 들어야 하죠?"

나카조가 그렇게 말하자 나는 입을 다물었다. 그녀의 뺨은 새빨갛게 상기되어 있었다.

"생판 남이나 다름없는 그쪽이 그런 말을 할 자격은 없어요. 그쪽이 날 몇 번이나 봤다고 그래요? 하물며 그 사람에 대한 건 아무것도 모르잖아요."

하지만 알고 있었던 것이다. 적어도 상대가 누구인지 하는 것 정도는 말이다.

"내가 그 사람과 사귀는 것 때문에, 결혼하고 싶어 하는 것 때문에 누군가에게 피해를 줬나요? 아니죠? 내가 누구와 사귀고 결혼하든 내 자유라고요."

"정말 그렇게 단언할 수 있습니까? 누구에게도 피해를 주지 않았다고요?"

그러자 그녀의 눈이 의아하다는 듯 찡그려졌다.

지나치게 많은 말을 했는지도 모르겠다. 어찌됐든 지금의 험악해진 상황에서 다시 나카조와 가까워지는 건 불가능할 것이다. 나는 자리에서 일어섰다.

"죄송합니다. 여러분이 모처럼 모인 즐거운 밤을 저 같은 사람이 망쳐버렸네요. 그만 가보겠습니다."

나는 돌아가면서 돈을 내려 했지만 고이데가 받지 않았다. 술을 한 잔 마셨을 뿐이니 대단한 금액은 아닐 것이다.

가게를 나왔다. 미안한 짓을 했다는 느낌은 별로 들지 않았다. 다만 집으로 돌아가는 내내 나카조의 화난 얼굴이 머릿속을 떠나지 않았다.

아마 그 남자와의 관계를 부정당한 것 때문에 화가 났을 것이다. 그것까진 이해할 수 있다. 다만 뭐랄까, 그녀는 감정의 아주 얕은 부분에서만 화를 내고 있다는 느낌이 들었다. 그런 걸 반사 반응이라고 하던가? 예를 들어 누군가와 어깨를 부딪쳤을 때 상대가 어떤 사람이고 어떤 상황인지도 확인하지 않고 다짜고짜 소리부터 지르는 식의 분노 말이다.

짐작컨대 그녀는 외고집을 부리는 것이리라. 두 사람 사이에 대한 의견이라면 그게 무엇이든 귀를 틀어막듯 거절하고 있는 건지도 모른다. 그렇다면 그녀와 와타베를 떼어 내는 일은 점점 더 어려워질 것이다.

3

"이별 중개사 작전은 실패로 끝났나 보네."

"저는 시작하기 전부터 이렇게 될 줄 알았다고요."

바 태스크에는 나와 도와코 씨 외에 단골인 사토나카와 미라이, 그리고 고이데가 와 있었다.

나카조를 화나게 만든 그날 밤으로부터 사흘이 지나 있었다. 우리는 작전을 근본적으로 재검토해야 한다는 필요성을 느끼고 이렇게 태스크에 집합했다.

"이번 저의 역할은 결과적으로 와타베 씨에 대한 나카조 씨의 집착을 선명히 드러내기만 한 것 같네요."

"점점 더 『위대한 개츠비』와 비슷해지는군." 고이데는 술잔 속 얼음을 돌리면서 우울하게 말했다. "독신인 개츠비가 가정이 있는 데이지를 빼앗으려고 외고집을 부리는 거야. 그런 태도가 결국은 엄청난 비극을 불러일으키지."

"그렇게 생각하면 나카조 씨도 걱정이네."

그 비극의 자세한 내용을 아는 도와코 씨가 눈썹을 슬프게 찡그렸다.

"하지만 그 정도로는 이미 성인인 여자한테 불륜은 안 된다고 아무리 말해봐야 별로 먹힐 것 같지 않은데. 그게 그렇게 드문 일도 아니잖아."

턱을 괴며 말하는 미라이에게 사토나카가 성희롱이나 다름없는 질문을 했다.

"미라이도 불륜을 했다는 건가?"

"아니, 난 안 해. 회사 같은 조직에 속해 있는 것도 아닌데 유부남을 어디서 만나겠어."

미라이는 아르바이트를 하고 있다곤 하지만 평소의 생활은 도와코 씨 못지않게 베일에 싸여 있었다.

"하지만 주변을 보면 직장 동료와 불륜 관계인 친구가 의외로 좀 있더라고. 진심으로 사랑하는 아이가 있는가 하면 교묘히 이용만 해먹는 아이도 있지만 다들 죄책감은 없는 것 같았어. 이야기를 듣다 보면 본인들이 행복하니 괜찮은 게 아닌가 싶기도 하거든."

그때 갑자기 떠오르는 일이 있었다.

1년 전 무렵에 내가 아직 덜 떨어진 회사원이던 시절, 고등학교 동창회에 나간 적이 있다. 말이 동창회지 가까이 사는 친구들끼리 연락을 주고받아 마련한 조촐한 자리였다. 모인 사람은 전부 열다섯 명 정도였는데 그중 절반 이상이 여자였다.

밤이 깊어갈 무렵, 그 여자애들 중 하나가 대화 중에 무심코 상사와 불륜 관계라는 사실을 털어놓고 말았다. 그런 말을 꺼내고도 전혀 주눅 들지 않는 그 아이의 대담함이 놀라웠지만, 그보다 흥미로웠던 건 주변의 반응이었다.

"불륜 같은 건 그만둬. 그러다 패가망신당한다고." 한 남자애가 정말 걱정된다는 표정으로 말했다.

그밖에도 적지 않은 남자들이 비슷한 태도를 보였다. 반면 여자아이들은…….

"어떤 사람인데? 잘생겼어? 맛있는 거 먹으러 많이 데려가주나 보네. 좋겠다."

일반적인 연애와 다를 것 없는 반응으로 그녀의 불륜을 받아들이고 있었다.

묵묵히 이야기를 듣고만 있던 나는 남녀 간에 불륜에 관한 인식이 이렇게나 다르다는 걸 깨달았다. 나도 친한 여자애가 그랬다면 불륜 같은 건 그만두는 게 낫다고 충고 한마디쯤 했을지 모르겠다. 하지만 오늘, 그런 식으로 당연한 말을 늘어놓는 건 유치한 행동일 수도 있겠다는 생각이 들었다. 애초에 상대가 정말 걱정돼서 그런 말을 하는지도 의문이고(무의식적인 척수 반사거나 단지 자기 마음에 안드는 것일 수도 있다) 만약 진심으로 걱정한다 쳐도 상대 입장에선 '쓸데없는 참견'에 지나지 않는 경우가 많은 것이다. 그래서 나는 미라이의 이야기를 듣고서도 그냥 그러려니 했다.

그런데…….

"어머, 불륜은 안 되지. 절대로 안 돼." 도와코 씨가 갑자기 단호한 말투로 이야기했다.

자기가 불륜을 한 것도 아니었기에 미라이는 난처해했다. "음, 안 된다는 건 나도 아는데……."

"안 되는 건 안 돼. 나카조 씨도 무슨 수를 써서든 그만두게 해야 해." 도와코 씨는 한 걸음도 물러서지 않았다.

이 사람이 이렇게나 보수적이었던가?

"그러기 위해서 우리는 어떻게 해야 할까요?"

고이데가 주제를 본론으로 돌려놓았다. 미라이는 자신이 대화의 중심에서 벗어나자 가슴을 쓸어내리는 눈치였다.

"와타베 씨라는 분, 가정에 문제는 없어?"

"정확히는 모르겠지만…… 주변에서 볼 때는 아들이라면 껌뻑 죽는 좋은 아버지 같던데요. 그래서 아내에게도 의심을 사지 않고 불륜을 이어가는 거겠죠."

"나카조 씨는 언젠가 결혼하자는 약속을 했다고 하던데요……." 나는 지난번 술자리에서 들었던 말을 언급했다.

고이데는 눈썹을 찌푸리며 말했다. "와타베에게 그럴 마음은 없을 거야. 나카조 씨는 믿고 싶지 않을 테지만."

"그렇다면……." 도와코 씨가 몸을 앞으로 내밀며 말했다. "와타베 씨 가정의 원만한 모습을 통해 그에게 이혼 생각이 없다는 걸 보여줘서 나카조 씨를 포기하게 만드는 작전을 쓸 수 있겠네."

나는 눈을 깜빡거리며 물었다. "원만한 모습을 보여준다니, 어떻게요?"

"가족에게 잘하는 모습을 사진이나 영상으로 남기는 거야. 그걸 나카조 씨에게 보여주면 그녀도 정신을 차리지 않을까?"

일의 내용이 드디어 탐정에 가까워지고 있었다. 물론 불륜 현장을 포착하는 대신 행복한 가정의 모습을 촬영해달라는 의뢰가 탐정들에게도 들어오는지는 의문이지만 말이다.

"고이데 씨, 와타베 씨의 주소는 알고 있어?"

"금방 알아낼 수 있습니다."

"그러면 감시는 쉽겠네."

"결국 그걸 저한테 하라는……."

점점 마음이 무거워졌다. 도와코 씨는 "이해가 빨라서 다행이야"라고 말하며 만족스러워했다. 미라이와 사토나카도 반대 의견은 보이지 않았다.

탐정이라면 일에 상응하는 보수를 받을 것이다. 나는 고작 술값 정도로는 수지가 안 맞겠다고 생각하며 그 작전을 수행하게 되었지만.

4

밤의 길가에 한 대의 봉고차가 세워져 있었다. 차 안은 세차게 내리는 비가 지붕을 때리는 소리로 가득했다.

이 차는 도와코 씨의 소유로 운전석에는 그녀가 앉아 있었다. 조수석에는 나, 뒷좌석에는 고이데와 또 한 명의 여성이 앉아 있었다. 그녀는 뒤로 묶은 머리에 롱스커트를 입었고 착해 보이는 이목구비가 30대치고 순박한 인상을 주지만 얼굴은 잔뜩 긴장한 모습이었다.

그녀의 이름은 와타베 가나코였다. 문제의 불륜남 와타베 오사무의 아내였다.

어쩌다가 일이 이렇게 되어버린 것일까.

지난 주말 나는 고이데에게서 주소를 전해 듣고 와타베의 자택 앞에서 진을 치고 있었다. 한여름의 폭염 속에서 잠복하려면 반드시 자동차가 필요했다. 다행히 어머니에게 차가 있어서 나는 일에 필요하다는 구실로 빌렸지만, 어머니는 "그거 정말 서점에서 하는 일 맞니?"라며 의아해하셨다.

잠복 당일은 기본적으로 지루함과의 싸움이었다. 와타베가 처자식에게 헌신하는 모습을 촬영하는 게 목적이지만 그날 중에 가족들끼리 외출한다는 보장도 없었다. 에어컨을 틀어도 더운 차 안에서 나는 책을 읽거나 하며 자택의 출입구를 감시했다.

오전 중에 한 가지 변화가 있었다. 사전에 사진으로 얼굴을 익힌 와타베의 처 가나코가 이웃 아주머니와 이야기를 나누는 모습이 포착된 것이다. 두 사람이 헤어지자 나는 아주머니를 따라가서 물어보았다.

"와타베 씨네 남편이 불륜을 저질렀다는 소문이 있던데, 혹시 아시는 게 있나요?"

"어머, 총각, 탐정이야?" 아주머니는 눈을 동그랗게 뜨며 말했다. "불륜은 아닐 거야. 항상 부인하고 사이도 좋아 보였고 그 집 아들도 엄청 아끼던데."

"그 집 부인이 고민이나 불평을 이야기한 적은요?"

"전혀 없어. 누구한테 의뢰받은 건지는 몰라도 허탕일

거야."

확신에 찬 말투였다. 와타베는 평소에도 어지간히 빈틈없이 행동해온 모양이다.

오후에는 와타베가 아들을 데리고 나와 차를 타고 어딘가로 이동했다. 카메라로 촬영한 차 안을 보면 부자간에 화기애애하게 이야기를 나누는 분위기가 전해져왔다. 멀어져가는 자동차를 지켜보고 오늘은 이만 철수해야겠다고 생각했을 때 고이데에게서 전화가 걸려왔다.

"미안하군. 계속해서 감시하려면 힘들 텐데 도와주지도 못하고."

어쩔 수 없다. 고이데는 와타베가 잘 아는 얼굴이라 이곳에 있어선 안 되니 말이다.

"그래서 어때? 진척은 있었어?"

나는 휴대폰을 귀에 댄 채 차에서 내려 기지개를 켰다.

"아들하고 둘이서 외출하는 모습을 찍었어요. 그리고 이웃 사람한테 가정이 화목해 보인다는 이야기도 들었고요."

"잘했어. 순조로운가 보네."

"하지만 나카조 씨가 보고 포기해줄 만한 정도인지는 모르겠어요…… 와타베 씨와의 불륜에 상당히 집착하는 것 같았으니까요."

"그게 정말인가요?"

갑자기 들려오는 목소리에 나는 그대로 굳어버렸다.

전화 통화와 기지개에 몰두한 나머지 등 뒤에 있던 사람의 기척을 전혀 느끼지 못했던 것이다. 나는 힘겹게 뒤를 돌아보았다.

"제 남편이 정말 불륜을 저지른 건가요?"

그곳에 와타베의 아내 가나코가 서 있었다.

그래서 나는 전화를 끊고 그녀에게 모든 정황을 설명해야 했다. 설명이 끝나자 가나코는 비통한 표정을 지으면서도 강한 어조로 이야기했다.

"불륜 현장을 잡아내고 싶으니까 협조해주세요."

그리고 오늘 밤 우리는 그녀와 함께 행동하게 되었다.

사실을 전해 들은 고이데는 깜짝 놀랐지만 결국 불륜을 막으려면 현장을 덮치는 수밖에 없다는 결론을 내린 것 같았다.

"역시 이렇게 되는군. 『위대한 개츠비』와 판박이야."

그 중얼거림이 무슨 의미인지, 책을 읽지 못한 나로서는 알 수 없었다.

한편 나는 차가 필요하다는 구실로 도와코 씨도 끌어들였다. 이렇게 된 원인을 만든 게 그녀인 셈이니 책임을 저야 한다……고 말할 필요도 없이 그녀는 신이 나 있었다. 언제나처럼 지금 상황을 즐기나 보다. 어쨌든 그렇게 해서 나와 고이데, 가나코, 도와코 씨의 네 명은 각자가 담당한 방향을 감시하며 기회가 찾아오기를 기다리고 있었다.

가나코의 말에 따르면 오늘 일과 관련된 미팅 때문에 집에 늦게 들어갈 것 같다는 남편의 연락이 있었다고 한다. 곧바로 고이데가 회사 안을 돌아다니며 와타베에게 오늘 미팅 스케줄이 없다는 것을 확인했다. 그리고 나카조에게 같이 술을 먹자고 제안했는데 오늘 밤은 몸 상태가 안 좋다며 거절당했다. 그것으로 우리는 와타베와 나카조가 오늘 밤 밀회를 가질 가능성이 높다고 판단하여 행동에 나선 것이다.

현재 우리가 차 안에서 감시하는 장소는 나카조 에리카가 혼자 사는 자택 아파트였다. 와타베와 나카조가 어디서 밤을 보내든 간에 마지막엔 이곳으로 돌아올 거라는 예상이었다. 현재 시각은 밤 9시. 두 사람이 언제 나타날지 모르는 상태에서 초조하게 시간이 흘러가고 있었다.

"오늘 아드님은 어디에 맡기셨나요?" 침묵이 거북했던 나는 가나코에게 말을 붙여보았다.

가나코는 눈도 마주치지 않고 대답했다. "근처에 사는

부모님께요. 아까 잠들었다는 연락이 왔어요.”

옆에서 보는 것만으로 나까지 어깨가 결려올 만큼 잔뜩 긴장한 모습이었다. 긴장감이 피로를 불러왔다. 그 두 사람이 나타나는 게 좋은 건지, 나타나지 않는 게 좋은 건지(나타나지 않는다 해도 그것은 가나코의 괴로움을 더 연장시킬 뿐일 테지만)도 모르는 채로, 나는 조수석에 앉아 길가를 주시했다. 이윽고 나카조의 아파트 앞에서 한 대의 택시가 정지등을 켜며 멈추었다.

모두가 숨을 죽인 채로 지켜보았다. 우산을 들고 다정하게 내린 것은 와타베 오사무와 나카조 에리카였다. 두 사람은 한 우산을 쓴 채 팔짱을 끼고 있었다. 택시가 가버린 직후, 가나코가 미닫이문을 열며 차 밖으로 뛰쳐나갔다.

“잠깐, 제수씨!”

우산도 쓰지 않고 달려 나간 가나코를 고이데가 뒤쫓았다. 나와 도와코 씨도 뒤를 따랐다.

사람도 차도 별로 없는 조용한 골목길이었다. 와타베는 바로 이변을 눈치채고 멍하니 중얼거렸다.

“어떻게 여길…….”

가나코는 남편 대신 나카조를 바라보고 있었다. 나카조 역시 상대가 누구인지 금세 파악했는지 지지 않고 노려보았다. 일촉즉발의 상황이라고 모두가 생각한 순간.

가나코가 당당하게 말했다. "부탁합니다. 남편과 헤어져 주세요."

그녀의 머리카락 끝에서 빗방울이 흘러내렸다.

우리에겐 아무 상의도 없이 나온 한마디였다. 비굴하게 매달리거나 공격적으로 비난하는 것도 아니고, 그저 올곧은 진심이 담긴 말처럼 들렸다.

"이 사람은 아직 어린 우리 아들에게 없어서는 안 될, 단 한 명뿐인 아빠예요. 당신에게 빼앗길 수는 없어요. 헤어져만 준다면 더 이상은 아무것도 요구하지 않겠습니다."

"하고 싶은 말은 그것뿐인가요?"

그 말에 모두의 시선이 나카조에게 쏟아졌다. 그녀는 억지로 만들어낸 미소를 간신히 짓고 있었다.

"당신이 이 사람의 아내라 하더라도, 헤어지란 말만 듣고 순순히 물러날 리 없잖아요. 우리는 서로 진심으로 사랑하고 있으니까요."

나카조는 와타베와 팔짱 낀 팔에 힘을 주었다.

그녀의 말에도 가나코는 동요하는 것 같지 않았다. 한 남자를 둘러싸고 두 여자가 불꽃을 튀기고 있었다.

나카조가 계속해서 입을 열었다. "당신은 진심으로 누군가를 사랑해본 적이 한 번이라도 있나요? 진짜 사랑은 금지된 관계라고 해서 억누를 수 있는 게 아니에요."

그녀는 자신의 말을 통해 감정을 고양시키는 것처럼 보였다.

"이 사람은 가정이 있는데도 내게 와줬어요. 그리고 언젠가 함께 살자는 약속까지 해주었죠. 아시겠어요? 당신은 저한테 진 거예요. 당신이야말로 이 사람을 포기하고 이혼해주세요."

그때였다.

"듣자 듣자 하니까 가소로워서 못 봐주겠네."

그 자리에 어울리지 않는 느긋한 목소리가 끼어들자 나카조는 입을 다물었다.

도와코 씨였다. 엷은 미소를 짓고 있었지만 나에게는 그게 더욱 섬뜩해 보였다.

"당신, 지금 이분을 도발하려는 거지?"

"도, 도발이라니, 무슨……."

"한 거나 마찬가지잖아. 상대방의 패배를 억지로 인정시키고 승리를 만끽하려는 것처럼 말했으면서."

도와코 씨가 나카조에게 한 걸음 다가섰다.

"이상하지? 자기 사랑이 그렇게나 소중하다면 인정받을

수 있도록 최선을 다하는 게 맞지 않아? 그 사랑이 더 이상 상처받지 않도록, 설령 가능성이 희박하더라도 사람들의 이해를 구하기 위해 노력해야 한다는 게 내 생각인데."

"저기, 무슨 뜻인지 잘 모르겠는데요."

"예를 들어 자식을 가진 부모라면 사람들이 자기 자식을 싫어할 만한 행동을 쓸데없이 하면 안 되는 거잖아. 그런데 당신은 자기 사랑을 위해 지금 뭘 하고 있지? 무슨 목적으로 이분의 화를 돋운 건데? 그런 당신이 진짜 사랑을 위해 노력한다고 할 수 있을까?"

"그건……"

도와코 씨는 기세가 꺾인 나카조를 웃는 얼굴로 계속 비난했다.

"남의 사랑을 빼앗은 거니까 원망을 피할 수는 없었겠지. 하지만 당신은 그 사람 아내 앞에서 진심을 보이는 대신 위에서 찍어 누르려는 듯이 행동했어. 그 결과 당신이 그토록 진짜 사랑이라고 주장하던 것에 스스로 상처를 내게 된 거야. 알겠어?" 그러곤 나카조의 귓가에 속삭였다. "누군가를 도발하며 우쭐해할 정도의 여유가 있는 감정을 우리는 '진짜 사랑'이라 부르지 않아."

불과 몇 달 동안 함께 일한 나도 분명히 알 수 있을 만큼, 도와코 씨는 화를 내고 있었다.

아파트 불빛에 반사된 나카조의 눈빛이 촉촉이 젖어 있었다. 그런 그녀에게 따뜻한 말을 건넨 이는 와타베가 아닌 고이데였다.

"도발하려는 건 아니었잖아. 나카조 씨는 그저 와타베에게 속고 있었던 거야."

"속고 있었다니…… 그게 무슨 말이에요?" 나카조가 되물었다.

"처자식을 버리고 너와 함께 살겠다고 한 것 말이야. 넌 그 말을 믿었으니까 제수씨에게도 그대로 말한 것뿐이겠지. 하지만 와타베에겐 그럴 마음이 전혀 없었어."

"말도 안 돼…… 나한테 분명히 약속했다고요." 나카조는 곁에 있던 와타베에게 매달리듯 애원하며 말했다. "자기, 나하고 함께 살 거지? 날 속인 거 아니지? 부인이랑 헤어지고 나랑 결혼한다고 약속했잖아?"

아무리 몸을 잡고 흔들어대도 와타베는 나카조 쪽을 돌아보지 않았다. 이윽고 잔뜩 기어들어가는 소리로 "미안"이라는 말이 흘러나왔다.

그 뒤로는 차마 보고 있기도 힘들었다.

나카조는 와타베의 몸을 밀쳐내며 아파트 쪽으로 달려가

버렸다. 고이데가 그녀의 이름을 부르며 황급히 뒤쫓았다.

도와코 씨는 가나코의 어깨 위에 손을 얹었다. 그리고 엉덩방아를 찧은 채 멍하니 앉아 있던 와타베에게 싸늘한 목소리로 말했다.

"차에 타세요. 어차피 아내분을 댁까지 모셔드려야 하니까요."

모두가 말없이 차에 올라탔다. 나와 도와코 씨, 와타베 부부가 좌석에 앉았을 때 도와코 씨는 시동을 켰다.

"저기, 고이데 씨는……."

내가 조심스레 묻자 도와코 씨는 입가에 살짝 미소를 지으며 대답했다.

"그 사람이라면 괜찮아."

봉고차가 움직이기 시작했다. 그리고 와타베의 집에 도착할 때까지의 몇 십 분은 지구상에서 가장 거북한 드라이브였다고 할 수 있을 것이다.

5

얼마 뒤, 고이데가 온다고 해서 나는 바 태스크에 왔다.

"오늘 밤은 내가 사게 해줘. 다스쿠 군에겐 정말 많이 신세를 졌으니까 말이지." 고이데는 자리에 앉자마자 기분 좋게 말했다.

와타베와 나카조의 불륜은 그날 이후로 완전히 끝났다고 한다. 고이데는 언제나처럼 I W 해퍼를 주문했다. 나는 맥주를 건네받았다. 도와코 씨의 우유까지 모이자 셋이서 건배를 했다.

"그러면 여러분, 그동안 수고 많으셨습니다."

고이데의 건배사와 함께 잔이 챙 소리를 냈다.

도와코 씨가 바로 입을 열었다. "그래서 고이데 씨, 나카조 씨와는 잘돼가?"

고이데는 쑥스러워하며 머리를 긁적거렸다. "역시 알고 계셨군요. 실은 이번에 데이트 약속을 잡았어요. 그날 중에 사귀자는 말을 해볼 생각입니다."

"……네?" 영문을 몰라 하는 건 나뿐이었다. "무슨 소리예요? 사귄다니?"

"사귄다는 말을 하는 거면 연애 말고 또 뭐가 있겠어?"

"잠시만요. 고이데 씨는 유부남이잖아요. 와타베 씨의 불륜을 깨놓고, 이번엔 자기가 불륜을 저지른다고요?"

그러자 고이데는 다리를 꼬며 히죽 웃었다.

"난 어엿한 독신이라고."

이렇게 되자 뭐가 뭔지 알 수 없었다.

"처음 나한테 고민을 털어놨을 때." 도와코 씨가 설명을 시작했다. "고이데 씨는 부서 내의 불미스러운 일을 막고 싶다고 이야기했지만 나한테는 처음부터 끝까지 나카조 씨를 좋아한다는 말로만 들렸어. 나중에 미라이에게 물어봤더니 같은 생각이라고 하더라고."

"제가 그렇게 티가 났나요?"

"그야 나카조 씨가 가엾다고 몇 번이나 말하던걸. 그걸 보면 누구든 그렇게 생각하지."

확실히 이번 불륜에는 나카조의 책임도 있었다. 아무리 아끼는 후배라고 해도 그녀에게 특별한 감정이 없다면 일방적인 피해자인 양 말하지는 않았을 것이다.

"그래서 난 고이데 씨의 연애 성공을 최종 목표로 삼아야겠다고 마음먹었어. 그런 이유로 이번 작전을 생각해낸 거지."

오이스터 바에서 미라이가 고이데를 띄워주던 것이 문득 생각났다. 그녀 역시 내가 아닌 고이데와 나카조를 이어주려던 것이었나 보다.

"그러면 왜 저한테 고이데 씨가 유부남이라는 거짓말을

한 거죠?"

그 각인은 내게 아주 자연스럽게 심어졌다.

―같은 유부남으로서 남자 동기를 용서할 수 없다고 했잖아요.

딱 한 번 도와코 씨가 그렇게 말했을 뿐이었다. 그 거짓말의 의도는 뭐였던 걸까?

"고이데 씨가 싱글이라는 걸 알면 다스쿠 씨가 협조해주지 않을 것 같았거든."

고이데에게도 그렇게 이야기를 해서 미리 입을 맞추었다고 한다.

"협조고 뭐고, 그럴 거면 제가 끼어들 필요도 없었잖아요. 처음부터 고이데 씨가 나카조 씨를 좋아하게 만들 방법을 고민했으면 되는 거잖아요."

"그야 고이데 씨가 나카조 씨를 좋아한다는 말을 한마디도 안 했는걸. 꼭 사춘기 남학생처럼 마음을 숨기려고 했다니까."

옆을 돌아보자 고이데는 겸연쩍은 표정을 짓고 있었다.

"그래서 굳이 다스쿠 씨를 시켜서 나카조에게 접근하기로 한 거야. 그렇게 하면 고이데 씨는 초조한 마음에 행동할 수밖에 없게 될 테니까. ……뭐, 전혀 기대한 대로 되진 않았지만 말이지."

"아 네, 어차피 저는 나카조 씨의 마음을 조금도 움직이지 못했습니다."

그러고 보니 고이데는 처음 내가 나카조에게 접근하는 작전에 의문을 제기했다. 그건 그녀가 내게 호감을 가질까 봐 두려워서였을까? 하지만 그게 전혀 통하지 않을 만큼 그녀가 와타베에게 일편단심이라는 것을 알았을 때, 그가 얼마나 복잡한 심경이었을지 짐작이 갔다.

"뭐, 그래도 나카조 씨를 헤어지게 만들기만 하면 고이데 씨가 상심한 그녀와 쉽게 가까워질 테니까 말이지. 난 그런 생각으로 작전을 지속시킨 거야."

작전이 성공한 것은 아니었다. 그러나 결과적으로 나카조는 와타베와 헤어졌고 고이데는 그녀와의 거리를 착착 좁혀나가고 있는 것 같으니 도와코 씨의 의도가 정확히 들어맞았다고 할 수 있다.

"최근에 사토 씨가 알려줬는데 말이지……." 고이데는 왠지 모르게 득의양양해 보였다. "나카조 씨는 원래 나한테 마음이 있었다나 봐. 아, 다스쿠 군도 그녀가 했던 말 기억하지? 좋아하는 사람이 있었는데 애인이 있어서 포기했다는 거, 그게 바로 나였대."

"그럼 그 자리에 있던 고이데 씨가 들으라고 하는 말이었네요?"

이야기를 들어보니 1년 전쯤에 고이데에게는 애인이 있었지만 그 뒤에 곧 차였다고 한다.

"그렇다면 이미 이긴 싸움이나 다름없어. 질 수밖에 없는 싸움에 임했던 다스쿠 군에게는 미안하지만 말이지."

머리가 아파왔다. 역시 아무리 생각해도 내가 나설 필요는 전혀 없었던 것이다.

"전에 좋아하는 마음이 있었다고 앞으로도 잘될 거란 보장은 없지 않을까요? 나카조 씨도 아직은 실연의 상처에서 헤어나지 못했으니까 따뜻하게 대해주는 사람에게 의지하는 것뿐인지도 모르잖아요."

이 정도는 찬물 끼얹는 소리를 해도 괜찮을 것이다. 나도 실연당한 지 얼마 안 된 처지라 다른 사람의 연애를 축복해줄 마음은 들지 않았다.

그러자 도와코 씨가 고이데의 잔에 담긴 버번을 바라보며 입을 열었다. "다스쿠 씨는 버번의 기원이 뭔지 알아?"

나는 갑작스러운 질문에 당황하며 고개를 가로저었다. 그녀의 목소리는 온화했다.

"원래 버번 위스키는 미국의 켄터키 주 버번이라는 지방에서 생산되던 것에서 유래한 이름이야. 술에 대한 정의는 원료 곡물에 옥수수를 51퍼센트 이상 사용할 것, 알코올 도수 80도 이하로 증류시킬 것 등이 미국 법률로 세세하게 정해져 있어."

도와코 씨의 해설은 막힘이 없었다. 평소에도 알고 있던 지식이라 자료를 확인할 필요도 없는 듯했다.

"그런 버번의 창조자로 불리는 게 미국의 목사 일라이저 크레이그라는 사람이야. 그런데 그 사람이 버번을 만들어 낸 건 완전히 우연이었대. 위스키 증류소를 만든 그는 어느 날 잘못해서 안쪽이 불에 그슬린 나무통에 위스키를 넣은 채 방치해뒀거든. 그런데 몇 년이 지나 나무통을 열어보자 안에서 지금까지 한 번도 마셔본 적 없는 훌륭한 맛과 향의 위스키가 나왔던 거야. 그게 버번의 원형이 되었고 현재도 버번 위스키는 안쪽을 불로 그슬린 화이트오크 통으로 숙성하고 있어."

"나무통의 탄 부분이 맛있는 위스키를 만드는 데 중요한 역할을 하는 거군요……. 그런데 그게 어쨌다는 거죠?"

주문한 적이 없는데도 도와코 씨는 내게 고이데와 똑같은 해퍼를 록으로 만들어 내밀었다. 그리고 장난스럽게 윙크했다.

"사랑도 한 번 불타오른 뒤에 남은 흉터에서 맛있는 게 생겨나는 경우가 있지 않을까?"

나는 무심결에 웃고 말았다. 한 방 먹은 느낌이었다.

버번을 입에 갖다 댔다. 부드러운 단맛과 깊은 곡물향이 나는 한편으로 도수가 높은 알코올이 살짝 자극적이었다. 흐음, 이런 게 사랑이라면 제법 맛있을지도 모르겠다.

"제가 한 '일'이 헛수고가 되지 않도록 두 분이 더 가까워지시길 기원하겠습니다."

진심에서 우러나온 축복이었다. 고이데는 미소와 함께 고맙다고 대답했다.

어쨌든 간에 이번에도 어떻게든 일은 완수했다. 그런데 도와코 씨는 나를 보며 시무룩한 표정을 지었다.

"다스쿠 씨도 가슴 안쪽이 확 불타오를 만한 사랑을 한 번 해봐야 할 텐데."

쓸데없는 참견이다.

"신경 꺼주세요. 별로 사랑을 하고 싶은 건 아니라고요."

하지만 내 말이 허세처럼 들렸던 모양이다.

"그러면 보답으로 여자 소개시켜줄까?" 고이데가 내 어깨에 팔을 두르며 말했다. "사토 씨 기억하지? 자넬 좋게 보는 것 같던데."

그 말을 들으니 생각이 났다. 번화가에서 술자리에 합류했을 때 고이데 외에 나를 유일하게 환영해준 것은 그 때문이었던 것 같다.

"지금 전화해볼까? 안 바쁘면 올 것 같은데."

"아니, 그만두겠습니다."

"어머, 좋은 기회잖아. 나도 한 번 이야기해보고 싶네. 다스쿠 씨의 상사로서 말이지."

"좋아. 그러면 전화번호가……."

"멋대로 진행시키지 말라고요!"

못돼먹은 두 연장자의 장난에 나는 급격히 피곤해졌다. 홧김에 들이켠 버번은 사랑도 아닌 주제에 가슴 안쪽을 뜨겁게 태웠다.

4TH TASK

『재생』

1

　내 이름은 나가하라 다스쿠.

　이제 와서 어설픈 스토리의 인물 소개 같은 것을 하려는
건 아니다. 다만 이 세상에 태어나면서 붙여진 이름의 어
감이 '일'이라는 의미인 것이 대체 무슨 운명인지 모르겠
다는 점을 고백하고 싶다.

　올해 2월, 나는 대학 졸업 후 다니던 첫 직장을 그만두었
다. 이유는 일을 너무 못해서였다.

　2년도 채우지 못한 회사원 생활이었다. 뭘 해도 잘되지
않아서 매일같이 자책감에 괴로워하던 나날을 보냈다.

내가 무능한 인간이라는 생각은 마치 낙인처럼 내 의식에 새겨졌다. 지금도 이런 꿈을 꾼다. 나는 아직도 전 회사에서 근무하고 있고 회사에 큰 손해가 미칠 정도로 돌이킬 수 없는 실수를 저지른다. 심장이 두근거리고 초조함이 온몸을 휩쓸다가 결국 들켜서 엄청나게 혼이 난다. 아니, 혼나는 거라면 차라리 낫다. 아무리 혼내도 실수를 고치지 못한다는 것을 깨달은 상사가 온화한 말투로 타이를 때는 견딜 수 없이 비참했다. 너무나 면목이 없어서 눈물이 멈추지 않았다. 꿈에서 깬 뒤에도 나는 울고 있었다.

서점 아르바이트를 시작하고 큰 문제 없이 반년이 지난 지금도 일에 대한 기피 의식은 사라지지 않았다. 한심하다는 걸 알면서도 '일하지 않고 살 수 있다면 좋을 텐데' 같은 생각을 가끔 할 때가 있다. 게으르게 살고 싶다는 게 아니라 내게 맞지 않는 일은 피하고 싶다는 의미에서 말이다.

서점에서 일한 뒤로 독서량은 많이 늘었다. 점장인 도와코 씨는 내게 다양한 책을 추천해주었는데, 주로 소극적으로 살아온 나 자신을 바꾸는 데 도움이 될 만한 것들이었다. 그중 하나인 알랭의『행복론』에 이런 구절이 있었다.

'자유로운 노동은 가장 좋고, 예속적인 노동은 가장 나쁜 것이다.'

알랭은 이어서 자유로운 노동이란 '노동자 자신의 지식과 경험에 따라 직접 주인이 되는 노동'이라고 말한다. 또한 최악의 일을 예로 들며 '사장이 찾아와서 일을 방해하거나 중단시키는 직장'과 '부엌일을 하고 있을 때 바닥 청소를 지시받는 가정부'를 언급하고 있다.

자신의 의지와 재량으로 일을 할 수 있어야 즐겁다는 논리는 나도 이해가 간다. 하지만 지금의 현대 사회에서 그런 식으로 일할 수 있는 사람이 과연 몇이나 될까. 나처럼 자기 재량은커녕 누군가의 지시로만 움직일 수 있는 사람은 자유로운 노동의 기회가 주어져도 오히려 당황스러울 뿐이다.

이제부터 나는 어떤 일을 해야 할까? 쓰쿠모 서점에서의 아르바이트는 마음에 들지만 평생 계속할 수는 없을 것이다. 예전처럼 정신이 피폐해지지 않고 일하려면 알랭이 가장 좋다고 말하는, 즉 자유로운 노동에 종사하면 되는 걸까? 그런 일이 정말 실현될 수 있을까? 거기까지 생각이 미쳤을 때 도와코 씨는 과연 자유로운가에 대한 의문이 뇌리를 스쳤다.

낮에는 서점에서 일하고 밤에는 바의 카운터를 지키는 그녀야말로 누가 시켜서 일하는 게 아니니까 자유롭다고 할 수 있을지 모른다. 하지만 육체적으로는 피곤할 것이다. 설령 자신의 의지라 하더라도 제대로 쉴 시간도 없이 일한다면 역시 상황이나 환경에 예속된 것이나 다름없지 않은가.

하지만 도와코 씨는 항상 즐거워 보였다. 언제나 느긋한 태도에 심신의 피로를 겉으로 드러낼 때가 거의 없었다. 아니, 서점 일은 나름대로 중노동이라 예를 들어 상품이 든 상자를 나르거나 바닥을 닦은 뒤에 조금 지친 기색을 보이기도 한다. 하지만 그런 때조차 불과 2~3분이 지나면 거짓말처럼 원래의 미소를 되찾곤 했다.

무엇이 그녀를 그렇게까지 일하게 만드는 걸까? 하지만 그녀의 사생활은 베일에 싸여 있어서 직장에서 매일같이 얼굴을 맞대는 나조차도 그 엄청난 체력의 원천이 무엇인지 알 수 없었다. 하지만 만약 그걸 알게 되는 날이 온다면 내게 맞는 최선의 노동을 찾는 데 중요한 힌트가 될 수 있을 것이다.

도와코 씨, 당신은 어째서 그렇게 열심히 일하는 건가요? 어느샌가 나는 마음속으로 그녀에게 그런 질문을 하게 되었다. 그리고 그에 대한 답을 알게 되는 날이 생각지도 못한 형태로 찾아왔다.

그것은 24절기로 따지면 소설(小雪)에 접어드는 무렵이었다. 첫눈은 아직 내리지 않았지만 이번 주 동안 단숨에 추워진 것이 체감되었고 계절은 가을과 겨울 사이에 놓인 다리를 이제 막 건너려는 참이었다.

나는 쓰쿠모 서점 앞에서 찬바람에 휩쓸려온 모래 먼지를 쓸고 있었다. 오늘은 일요일이고 시각은 쓰쿠모 서점이 영업을 시작하는 오전 10시를 조금 앞두고 있었다. 부질없이 흘러가야 했을 오늘 하루는 어떤 방문자에 의해 깨지고 말았다.

"저기, 실례합니다."

땅만 내려다보던 나에게 누군가 말을 건넸다.

얼굴을 들자 바로 앞에는 코트 밑에 재킷을 입은 단정한 옷차림의 남성이 서 있었다. 그의 왼손은 어린 여자아이의 오른손과 이어져 있다. 한눈에 봐도 부녀 사이인 걸 알 수 있을 만큼 턱선과 눈썹 모양이 닮아 있었다.

"쓰쿠모 도와코 씨는 안에 계신가요?" 남자가 말했다.

조금 특이한 그 이름을 막힘없이 부르는 것을 보면 꽤나 입에 익은 것 같다.

아무래도 단순한 손님은 아닌 듯했다. 나는 그런 생각을 하며 소위 말하는 영업용 미소를 지었다.

"네, 잠시만 기다려주세요."

두 부녀를 남겨두고 가게로 들어온 나는 안쪽 책장에서 먼지떨이를 휘두르는 도와코 씨에게 외쳤다.

"도와코 씨! 손님이에요."

"손님? 아직 문 열기 전이잖아."

고개를 돌린 도와코 씨는 못 알아들은 척 말했다.

"그게 아니라요. 아무래도 도와코 씨에게 볼일이 있는 것 같던데요."

등 뒤에서 유리문이 열리는 소리가 났다. 기다리라고 했는데도 남자가 나를 따라 안으로 들어온 것이다. 그는 도와코 씨의 모습을 발견하고 거의 반사적으로 이름을 불렀다.

"도와코."

도와코 씨 쪽을 보니 그녀는 입을 반쯤 벌린 채로 굳어 있었다. 여자아이가 불쑥 엄마, 하고 중얼거렸다.

엄마?

남자는 이어서 애원이나 다름없는 한마디를 꺼냈다.

"나와 다시 한번 시작해보지 않겠어?"

도와코 씨의 손에서 먼지떨이가 떨어지며 툭 하는 소리가 났다.

2

"전……남편?"

그날 밤 우리는 쓰쿠모 서점의 지하에 있는 바 태스크에 있었다. 우리……라 함은 나와 도와코 씨 외에도 두 명의 단골손님, 사토나카 준노스케와 도야마 미라이까지를 포함하고 있다.

"그래, 난처하게 됐어……. 설마 이렇게 될 줄이야."

도와코 씨는 손으로 턱을 괴며 말 그대로 난처해하고 있었다. 한편 카운터를 사이에 두고 도와코 씨와 마주 보는 우리 셋은 머리 위로 나란히 물음표를 띄우고 있었다.

오늘 밤의 대화 주제는 오전 중에 쓰쿠모 서점에 찾아온 남성에 관해서였다. 놀랍게도 그가 바로 도와코 씨의 전남편이라고 한다. 현장에 함께 있던 나는 몇 가지 발언을 통해 이미 어느 정도 추측하고 있었지만 본인의 입으로 직접 들으니 역시 놀라웠다. 도와코 씨의 과거에 관해서는 거의 아무것도 몰랐으니 말이다.

도와코 씨는 이혼 경험이 있었구나. 과거에 그에 관한 질문을 했으나 도와코 씨는 대답을 피하고 두 단골손님이 잔뜩 긴장했던 적도 있었다. 그녀에게는 되도록 언급하고 싶지 않은 주제였을 테지만 이미 내가 전남편을 목격했으니 감출 수 없겠다고 생각한 모양이다. 오늘 그녀는 지금까지 숨겨온 진실을 거침없이 털어놓고 있었다.

오늘 갑작스러운 재결합 제의를 받은 도와코 씨는 나에게 가게를 맡긴 채 두 방문객과 함께 어딘가로 사라졌다. 몇 시간 뒤에 혼자서 돌아온 그녀는 시무룩한 얼굴이었고 나는 아무것도 물어보지 못한 채로 문 닫을 시간까지 그녀의 한숨 소리만 들어야 했다.

"그런데…… 왜 이혼을 하신 거죠?" 나는 위스키 잔의 버번을 마시며 물었다.

손이 많이 가는 술을 주문할 분위기가 아닌지라 평소엔 예쁜 색의 칵테일만 시키던 미라이조차 오늘 밤은 무색투명한 럼 토닉을 마시고 있었다.

도와코 씨는 언제나처럼 우유로 목을 축이며 대답했다. "그 사람의 불륜 때문이야."

나는 전에 도와코 씨가 불륜에 관해 완고한 태도를 보이던 것을 떠올렸다. 그때는 그녀답지 않게 고집을 부리는 것이 이상하게 느껴지기도 했다. 하지만 지금 생각해보면 불륜으로 이혼한 경험 때문에 그런 반응이 나왔던 것이리라.

대답을 들은 미라이는 몸에 더러운 것이라도 묻은 것처럼 얼굴을 찌푸렸다.

"최악이네. 그러면서 무슨 낯짝으로 '다시 시작해보자' 같은 소리를 하는 거야?"

단단한 벽이 공을 튕겨내는 것 같은 반응을 보며 미라이가 아직 어리다고 느낀 것이리라. 도와코 씨는 미라이를 이해한다는 듯이 엷은 쓴웃음을 지었다.

"단순히 나와 그 사람 사이의 문제라면 나도 그냥 거절하고 끝냈을 테지만 딸아이가 있으니까 그렇게 쉽게 생각할 수도 없거든."

"따님은 올해 몇 살인가요?"

남자의 손을 꼭 잡고 있던 여자아이는 어리지만 똘똘해 보였다. '엄마'라는 호칭으로 불렀듯이 도와코 씨의 딸이었다.

도와코 씨는 한쪽 손을 펴보였다.

"다섯 살."

"바람피운 남편에게 친권을 양보한 거로군."

사토나카가 무심결에 입을 열며 끼어들었다. 도와코 씨는 고개를 끄덕였다.

"별 수 없었어."

마치 스스로를 타이르는 듯한 말이었다. 그 뒤로 도와코 씨는 이혼에 이르게 된 경위를 대략적으로 설명해주었다.

예전에 도와코 씨는 대기업에서 근무하는 유능한 커리어우먼이었다고 한다. 느긋하게 살아가는 지금 모습만 보면 상상하기 힘들지만 말이다.

"출장이 워낙 잦은 부서라 해외로 나가지 않는 달이 없었지. 그때는 정말 일에만 열중하면서 살았어. 재미있기도 했고 보람도 느꼈으니까. 전남편하고는 일을 통해 알게 됐는데 결혼하고 아이가 생긴 뒤에도 나는 일하는 방식을 바꾸지 않았어. 여전히 출장으로 집을 자주 비웠지."

남편도 회사에 나가긴 했지만 비교적 시간을 많이 낼 수 있는 입장이었기에 딸을 돌보고 어린이집에 데려다주는 일은 대부분 남편이 맡았다고 한다.

"딸아이하고 좀 더 많은 시간을 보내고 싶다는 생각은 안 한 건가?"

도와코 씨는 사토나카의 이 질문에 조금 울컥하며 대답했다.

"왜 안 했겠어. 하지만 그때 난 회사에 내가 필요하다는 생각이 너무 강했어. 게다가 남편은 시간적으로 여유가 있는 대신 수입이 변변찮아서 집안 살림은 내 수입으로 유지

되는 거나 마찬가지였거든. 그래서 내가 열심히 일하는 게 곧 가족을 위한 일이라고 생각했던 거야."

실제로 도와코 씨는 그런 생활을 보내면서 가정에 별 문제가 없다고 믿었다고 한다. 물론 그런 식으로 잘 돌아가는 가정도 있을 것이다. 도와코 씨와 반대로 남편이 집을 비우고 아내가 육아를 도맡는 경우는 원만한 가정을 이루며 살아가는 사례가 적지 않다. 그렇다면 아내와 남편의 역할이 바뀐다고 잘되지 않을 이유는 없고, 세상에는 그런 가정도 얼마든지 있을 거란 생각이 든다.

그러나 도와코 씨의 결혼 생활은 그녀의 생각과는 정반대로 조금씩 삐걱거리고 있었다. 그것이 표면 위로 드러난 것이 3년 전이고 계기는 남편의 불륜이었다.

"남편은 평소에도 내가 자주 집을 비우는 것에 대한 불만이 많이 쌓여 있었어. 그런 식으로 직접 이야기했던 적도 있었고. 하지만 나는 진지하게 받아들이지 않고 건성으로 사과하면서 남편의 푸념을 한 귀로 흘려버렸어. 일을 하려면 어쩔 수 없다고만 생각한 거야. 그런 일이 반복되는 사이 나에 대한 남편의 애정은 식어가기 시작했고…… 그게 불륜으로 이어진 거겠지."

그들의 관계는 어느새 싸늘하게 식어 있었다. 남편의 불룬이 불거진 것을 계기로 두 사람은 많은 대화를 나눴지만 결국 관계를 회복하지 못했고, 남은 것은 이혼이라는 선택지뿐이었다.

"이혼에는 우리 모두 동의했어. 하지만 역시 딸아이의 친권이 문제가 돼서……. 난 당연히 내가 데려가려고 했지만, 남편이 워낙 강하게 친권을 주장한 거야. 그때 이런 말을 들었어."

―당신은 우리 딸을 제대로 신경 써본 적이 한 번도 없잖아.

"아픈 곳을 찔렸다고 생각했지."

도와코 씨에게도 떳떳하지 못한 부분이 있었던 것이다.

"결국 어느 쪽을 따라갈 건지는 딸아이의 선택에 따르기로 했어. 딸아이는 아직 두 살이었지만 어느 쪽을 더 좋아하는지 정도는 판단할 수 있을 거라 생각했거든."

그 결과는 현재 상황이 보여주듯이, 엄마가 아닌 아빠를 선택하게 되었다.

"바람피운 남편이 친권을 가져가다니……."

말도 안 된다는 듯이 말하는 미라이에게 도와코 씨가 담담히 말했다.

"남녀가 반대되는 상황이라면 흔히 있는 이야기잖아?"

아내의 불륜으로 인해 이혼하면서도 친권은 아내 쪽이 가져가는 경우가 실제로 종종 있었다.

"딸아이는 확실히 남편을 더 따랐어. 그런 두 사람을 떼어놓는 것은 너무하다는 생각도 들었고, 나는 그때 하던 일을 그만둘 마음이 없었으니까 앞으로도 딸아이를 외롭게 할지 모른다고 생각하니…… 남편에게 친권을 양보하는 데 동의할 수밖에 없었던 거야."

이혼의 직접적인 원인은 남편에게 있었다. 하지만 그럼에도 도와코 씨는 가정을 되돌아보지 못한 스스로를 탓했다. 그래서 어떻게 되었느냐 하면…….

"더욱 심하게 일에 몰두하게 됐지." 도와코 씨가 어깨를 으쓱해 보였다. "지금의 내가 존재하는 건 그때 가정까지 희생시켜가며 일에 필사적으로 매달려온 덕분이라고. 그런 식으로 생각하면 과거를 후회하지 않을 수 있다고 여겼어. 이 길을 선택한 이상 되돌아갈 수는 없으니까 말이지."

그것이 도와코 씨의 조금 특이한 부분이었다. 이혼의 충격을 극복하기 위해 일로 도망치는 경우와는 달랐다. 결단 자체의 옳고 그름과는 상관없이 이후의 행동을 통해 옳은 것으로 바꿔나갈 수 있다는, 전 세계 철학자들의 공통된 진리를 도와코 씨는 이혼이라는 사건에 적용시키려 한 것이다. 그녀는 이상한 데서 긍정적이었다.

"하지만…… 결국 그 일은 그만두신 거잖아요." 미라이가 눈치를 보며 물었다.

그러지 않았다면 도와코 씨가 지금 이곳에 있을 리 없을 테니까.

도와코 씨는 이번에도 실패를 부끄러워하듯 어깨를 으쓱거렸다. "쓰러졌거든, 일을 하다가. 이혼하고 반년 정도 지나서였을 거야."

국내 출장지에서 의식을 잃은 뒤에 정신이 들자 병원 침대 위에 누워 있었다. 다행히 증상 자체는 심각하지 않았고 의사가 내린 진단을 종합해보면 '과로'였다고 한다.

"그때 말이지. 나는 뭐랄까…… 마음이 꺾여버렸어."

그렇게 표현할 수밖에 없었으리라. 도와코 씨는 쓸쓸하게 미소 지었다.

"마침 부모님이 연세도 있고 힘드셔서 쓰쿠모 서점을 어떻게 처분할지에 대한 이야기가 나올 때였어. 그래서 병문안 온 부모님께 말씀드렸지. '내가 가게를 맡을까?'라고."

도와코 씨는 회사를 그만두고 고향으로 돌아와 서점 일을 시작했다. 하지만 시간이 지날수록 손님의 발길이 뜸해지는 쓰쿠모 서점의 상황을 금방 파악하고, 이대로는 안 되겠다는 생각을 품게 되었다. 그래서 바로 가게를 리모델링했고, 지하에 바까지 만들었다. 일에 몰두해야만 직성이 풀리는 성격은 전혀 변하지 않았던 것이다.

"그야 이제 와서 느긋하게 일하면 아이를 포기한 의미가 사라져버리잖아……."

본인은 아주 진지하게 이런 소리를 하고 있었다. 뭐라고 대꾸해야 좋을지 모르겠다.

"서점에서 일한 뒤로 딸하고는 만난 건가?" 사토나카가 물었다.

"딸아이는 다른 지방에 살고 있어서 보러 가려면 차로 한 시간 넘게 걸려. 한 달에 한 번이면 자주 만나는 정도야. 나도 많이 바쁘니까 말이지."

하지만 누가 강요해서 바쁜 건 아니잖아요. 나는 그렇게 생각했지만 굳이 입 밖으로 내진 않았다.

"그런데 왜 갑자기 재결합 이야기를 꺼낸 건가요?"

중요한 건 바로 그 부분이었다. 도와코 씨는 또 손으로 턱을 괴었다.

"그게 말이지…… 잘 모르겠어."

"잘 모르겠다니, 전남편분이 설명했을 거 아니에요."

"설명을 들었던 것도 같고 못 들었던 것도 같고……. 그 사람은 바람피워서 미안했다, 역시 우리에겐 당신이 필요하다는 소리만 하고 구체적으로 무슨 일이 있었는지는 말을 안 했어."

그런 부자연스러운 일이 있을까? 옛 배우자가 뜬금없이 재결합을 제안한다고 이유도 듣지 않고 받아들이는 사람은 어디에도 없을 것이다.

"나도 말이지, 처음엔 재결합 따위 말도 안 된다고 생각했어. 하지만 사정을 확실히 알기 전에는 괜히 찜찜해서 오히려 거절하기 힘들잖아. 그 사람은 무언가를 숨기고 있어. 그걸 밝혀내기 전까진 말이지……."

확실히 그렇겠다고 생각하며 듣고 있는데 도와코 씨가 정색하며 가슴 앞에 손을 모았다.

"그래서 말인데, 다스쿠 씨."

"네?"

"부탁하고 싶은 일이 있어."

이런, 이게 여기서 나오는 건가. 나는 이곳 바 태스크에서 마신 술값을 지불해본 적이 없다. 그 대신 가끔씩 이렇게 도와코 씨가 시키는 기묘한 '일'을 완수하는 역할을 짊어지고 있었다.

"부탁할 일이라면 결국……."

"그 사람이 왜 재결합을 원하는지 조사해줬으면 해."

뭐, 이런 흐름에서는 그게 자연스럽긴 했다.

"전처인 도와코 씨도 모르는 걸 제삼자인 제가 밝혀낼 순 없을 것 같은데요."

"오히려 그 반대야. 내 앞이라 오히려 털어놓지 못한 이야기도 있을 것 같거든. 그걸 밝혀내려면 제삼자인 다스쿠 씨의 도움이 꼭 필요해."

일리가 있다고 생각해버리는 내가 미웠다. 항상 이런 식으로 어려운 과제를 떠맡지 않았던가.

"하지만 다른 지방이라면 시간도 교통비도 많이 들겠네요······. 시급도 못 받으면서 교통비만 나간다면 가난한 알바생에 불과한 저에겐 상당한 출혈인데요."

"그것도 그렇겠네······."

그렇게 노와코 씨가 숭얼거렸을 때였다.

"나도 돕겠네."

사토나카가 갑자기 그런 말을 꺼내는 바람에 나는 깜짝 놀랐다.

"돕겠······다니요?"

"다스쿠 군에게 힘이 되어주겠다고. 내가 차를 가져가겠네. 그렇게 하면 교통비는 들지 않겠지."

"고마운 제안이지만…… 대체 무슨 바람이 분 거죠?"

"그게 무슨 상관인가. 도울 수 있을 것 같으니까 그러는 것뿐일세."

친절을 베푸는 것치고는 묘하게 퉁명스러웠다. 도와코 씨의 전남편처럼 이 사람도 뭔가 숨기는 게 아닐까.

한편 도와코 씨는 아무 의심도 없는 미소를 지었다.

"사토나카 씨가 도와준다면 나야 든든하지. 오늘 술값은 안 내도 돼."

그렇게 해서 일을 거절하지 못할 분위기로 흘러갔고(언제나 그렇지만) 나는 사토나카와 함께 도와코 씨의 전남편에 대한 조사를 시작하게 되었다.

3

"어머니는 아버지하고 다시 합치고 싶다는 생각을 한 적이 있어?"

나는 다음 날 저녁 식사를 할 때 어머니에게 그런 질문을 해보았다.

최대한 자연스럽게 물어보는 척했지만 의도대로 됐는지

는 모르겠다. 어렸을 때부터 안 계셨던 아버지에 대해 어머니와 대화해본 적이 거의 없었기에 아무리 해도 부자연스러울 수밖에 없긴 했다.

식탁 맞은편에 앉은 어머니는 내 질문에 젓가락을 멈추고 눈을 동그랗게 떴다.

"갑자기 무슨 소리니? 뜬금없이."

"아는 사람이 헤어진 남편한테 다시 합치자는 제안을 받았는데, 그 이유가 뭔지 알고 싶어 하거든. 그래서 엄마 이야기가 조금은 참고가 될까 싶어서 말이야."

어머니가 일방적으로 밝힌 정보라 어디까지 진실인지는 모르겠지만, 우리 부모님이 이혼한 것은 아버지가 다른 여자를 만나면서 집을 나갔기 때문이라고 들었다. 내가 친아버지를 본 기억이 없는 것도 그 탓이다. 어머니는 출산 휴가 기간을 제외하면 계속 풀타임으로 일했다고 하니까 나를 키우신 것만 제외하면 도와코 씨와 입장이 비슷하다고 할 수 있었다.

"예를 들어서 아버지한테서 다시 시작하자는 이야기를 들은 적은 없어?"

"있을 리 없잖니."

바로 돌아온 대답이었다.

"그러면 어머니가 직접적으로 이야기한 적은 없더라도 아버지와 다시 합치고 싶었던 적은……."

"다스쿠." 어머니는 젓가락을 식탁 위에 가지런히 내려놓았다. "그건 정말 어려운 질문이란다. 가볍게 할 수 있는 대답이 아냐."

무거운 분위기로 흘러가지 않도록 일부러 아무렇지 않게 질문했던 게 역효과를 냈나 보다. 나도 따라서 젓가락을 내려놓았다.

"미안해. 대답하기 싫으면 안 해도 돼."

"하지만 알고 싶은 거잖니?"

"그야 뭐…… 참고가 될 것 같아서 그런 거지만……."

어머니는 눈을 내리깔았다. 그리고 잠시 신중하게 단어를 고르는 듯했다.

"우리를 버리고 다른 여자와 살게 된 그 사람을 되찾고 싶은 마음이 있었느냐고 물으면, 그 대답은 확실히 아니요야. 다시 시작하고 싶다고 생각한 적은 단 1초도 없어."

어머니의 심정은 충분히 상상이 갔다. 오히려 이 정도로 간결한 대답이 돌아올 거라 예상해서 가볍게 묻는 척했던 것이다.

"하지만 말이지…… 역시 돌아오면 좋겠다고 생각한 적

은 있었어. 일단 너에게는 아무 책임도 없다는 걸 미리 말해둘게."

어머니는 신중한 말투로 중요한 부분을 짚고 넘어갔다.

"아버지가 없는 것 때문에 네가 힘들어지거나 나도 힘에 부치는 날에는 그런 생각이 들 때가 수도 없이 많았단다. 한 명뿐인 친아버지와 같은 집에서 사는 게 네게 더 좋지 않았을까 하고. 현실적으로 불가능하다는 걸 알면서 그 사람과 다시 시작하면 좋겠다고 생각한 적도 있었단다."

나는 어머니의 얼굴을 똑바로 바라볼 수 없었다.

어떤 가정에서든 크고 작은 문제가 생겨나게 마련이다. 그때 가정을 책임져야 하는 사람(대부분의 경우 가정을 꾸린 '부부' 혹은 '부모'가 그에 해당할 것이다)은 어디에 문제가 있는지, 무엇이 부족한지를 제일 먼저 생각할 것이다.

이런 식으로 이야기해도 될지 모르겠지만, 편부모 가정에서는 그럴 때 배우자의 부재에서 원인을 찾게 마련이다. 물론 그렇게 단순한 문제는 아닐 테지만 이혼 등으로 배우자를 잃은 사람이 그 빈자리를 자식에게 미안해하는 순간이 있다는 건 아들인 나도 잘 알고 있었다.

그런 생각을 하는 사이, 나는 정작 처음 질문한 목적을 까맣게 잊고 말았다.

아들이 성인이 되었다는 생각에 솔직히 말씀해주셨을 어머니가 나보다 훨씬 냉정했다.

"그래서 내 대답이 참고가 될 것 같니?"

"아…… 응. 많은 도움이 됐어."

그렇게 대답할 수밖에 없었다.

어머니의 '다시 시작하면 좋겠다고 생각한 적도 있었단다'라는 말은 내게 상당히 무겁게 다가왔다. 하지만 한편으로는 지금까지의 추측을 확인받은 것뿐이라고 말할 수도 있었다. 도와코 씨의 전남편이 '당신이 필요해'라고 말한 걸 근거로 해서 나는 그가 편부모 가정의 한계를 느낀게 아닌가 하고 추측했던 것이다.

어머니의 이야기 역시 그 추측을 뒷받침해주고 있다.

"그러니? 그러면 다행이고."

그래서 나는 내심 만족스러워하시는 어머니에게 진심을 감추며 다음과 같이 말했다.

"고마워."

이야기해줘서 고마워. 지금까지 쭉 이야기하지 않아줘서 고마워요.

4

"……그건 그렇고, 재결합을 원하는 이유를 어떻게 알아내면 되는 걸까요?"

나는 사토나카가 운전하는 차의 조수석에서 투덜거렸다. 휴일이라는 명목으로 탐정 흉내를 내는 것도 이제 어느 정도 익숙해졌다. 요령이 좋아진 건 아니지만 적어도 저항감은 사라진 것이다.

태스크에서 일을 지시받은 지 이틀 뒤였고 시각은 오후 5시를 넘어가고 있었다. 차는 도와코 씨의 전남편이 사는 도시를 향해 경쾌하게 달리고 있었다.

사토나카가 가장 빨리 일을 쉴 수 있는 날이 오늘이었다. 그래서 나도 아르바이트를 쉬고 이 일을 위해 움직이기로 한 것이다. 도와코 씨를 위해 하는 일이니까 휴가는 쉽게 얻어낼 수 있었다. 지금쯤 도와코 씨 혼자 쓰쿠모 서점을 보고 있을 것이다.

"조사고 뭐고, 본인에게 직접 물어볼 수밖에 없겠지."

핸들을 쥔 사토나카는 태연히 말했지만 그게 쉽지 않으니까 불안한 것이다.

"잘 모르는 사람에게 털어놓을 거라는 생각은 도저히 안

드는데요……."

"그렇다고 도와코 씨의 지인이라는 걸 들키면 더욱 굳게 입을 닫아버릴걸."

"도와코 씨 본인에게도 하지 않은 말을 그 주변 사람에게 할 리는 없겠죠."

"쉽지 않군. 게다가 다스쿠 군은 이미 한 번 얼굴이 팔렸으니까 직접 만나러 가기 힘들 걸세."

맞는 말이다. 쓰쿠모 서점에서 마주친 내가 전남편 앞에 또 나타난다면 도와코 씨의 사주로 왔다는 걸 단번에 알아챌 것이다.

"제가 함께 가는 게 의미가 있는지 모르겠네요."

"어떻게든 도움은 되겠지. 의미가 있나 생각할 시간에 그 의미를 직접 찾아보는 게 어때?"

그게 어디 말처럼 쉬운 일인가? 나는 전방을 노려보는 사토나카의 굴곡진 옆얼굴을 바라보며 한숨을 쉬었다.

도와코 씨에게서 전남편과 딸의 이름, 주소, 딸이 다니는 어린이집 같은 정보를 받아두긴 했다. 나는 그것들을 메모한 노트를 펼쳐서 목적지에 도착할 때까지 복습해두기로 했다.

"이름은 이치노세 슌(一ノ瀬瞬)이고, 나이는 36세. 도와

코 씨와 이혼한 시점에는 IT 관련 기업에서 계약직으로 일했다고 하네요."

급료는 높지 않았지만 그만큼 근무 시간이 짧았다. 그래서 아버지인 이치노세가 딸을 적극적으로 돌본 것이다.

"헌드레드 부부로군."

사토나카가 갑작스레 이상한 말을 꺼냈다.

"핸드…… 레드? 손이 빨갛다고요?"

"아니, 쓰쿠모(九十九)에 이치(一)를 더하면 백이 되잖나. 그래서 헌드레드(hundred)일세."

아아, 그냥 말장난이었구나.

"그 말만 들으면 궁합이 좋아 보이는데요."

"글쎄, 딱 맞아떨어지니까 두 사람의 인연도 떨어져버린 게 아닐까?"

"그렇군요. 그러고 보니 이치노세 씨의 이름은 한순간을 뜻하는 '깜짝일순(瞬)'을 쓰네요. 이름에 도와(永久, 영원하다는 뜻의 일본어 – 옮긴이)가 들어간 도와코 씨와는 궁합이 나쁠 수도 있겠어요."

"쓸데없는 소리 말고 다음 정보나 이야기해보게."

먼저 시작한 게 누구였더라.

나는 어깨를 으쓱해 보였다.

"딸아이 이름은 나기예요. 다섯 살이라는 건 전에 도와 코 씨도 이야기했었죠. 평소엔 아빠와 함께 사는 자택 근처의 어린이집에 맡겨진다고 하네요."

사토나카는 핸들에서 한 손을 떼고 턱을 매만졌다.

"이치노세와 자연스럽게 만나려면 딸을 이용하는 게 가 장 좋겠군."

"어떻게요?"

"어린이집에 아이를 데리러 가는 타이밍을 노리는 걸세. 이치노세는 어린이집에 분명히 나타날 거고, 퇴근 후일 테 니 이야기를 나눌 시간도 있겠지."

그래서 오늘 사토나카는 이런 시간대에 나를 데리러 온 걸까?

"어떤 식으로 말을 걸어야 자연스러워 보일까요? 사토 나카 씨, 좋은 방법이 있으세요?"

사토나카는 이쪽을 흘깃 쳐다보더니 말했다. "뭐, 그런 건 임기응변에 맡겨야지."

생각이 깊은 건지 없는 건지 알기 힘든 사람이다. 어쨌 든 오늘 내가 나설 일은 없을 것 같긴 한데, 이 사람에게만 맡겨도 정말 괜찮은 걸까?

"애초에 사토나카 씨는 왜 이번 일을 돕겠다고 나선 거예요?"

사토나카는 천연덕스럽게 말했다. "나도 이혼 경험이 있는 거나 마찬가지거든."

나는 전에 사토나카의 자택에 갔을 때를 떠올렸다. 혼자 살기엔 넓은 집이었는데 역시 예전에는 함께 살던 가족이 있었나 보다.

"저기, 이유를 여쭤도 되나요?"

"말해두지만 난 바람을 피운 적은 없어. 그러니까 그건 뭐, 사이가 나빠서였다고 해두지."

도로를 달리는 우리 차의 맞은편에서 우회전하려고 기다리는 자동차가 있었다. 사토나카는 잠시 멈춰 서서 그 차에게 양보를 해주었다.

"결혼하고 10년 정도 지나서였나, 아내와 늘 다투기만 하더라. 특별한 원인 같은 건 없었어. 사소한 일로 다투는 일이 쌓여가더니 어느새 서로의 얼굴을 마주치는 것도 싫어지게 된 거야."

내가 알기로 사토나카는 대범하고 착한 아저씨였다. 운전 태도도 정중한 구석이 있었다. 그가 가족들에게 화를 내는 모습은 상상하기 어려웠지만 누구나 집 안에서만 보이는 얼굴이 있는 법이다.

"그래서 2년 전쯤에 결국 아내가 중학생이 된 딸을 데리고 집을 나가버렸네. 그 후로 난 혼자 쓸쓸히 술을 마시는 나날을 보내고 있지."

사토나카가 매일처럼 태스크에 나타나는 건 외로움을 달래기 위해서였나 보다. 그렇게 생각하자 묘하게 넓던 그의 집이 서글프게 느껴졌다.

"아까 이혼 경험이 있는 거나 마찬가지라고 하셨잖아요."

"아직 이혼 신청서를 제출한 건 아니야. 형식적으로는 별거 단계인 셈이지. 하지만 옛날로 다시 돌아갈 수 있을 것 같진 않아."

핸들을 쥔 모습에서 애수가 묻어났다.

"그래서 남들의 이혼 이야기를 들으면 가만히 있을 수가 없어. 쓸데없는 오지랖인 건 잘 알지만 나도 모르게 나서고 싶어진다고."

"그러셨군요……."

나는 결혼한 적이 없으니까 이혼 당사자, 즉 이혼한 부부의 심정을 잘 모른다. 반면 사토나카는 당사자만이 이해할 수 있는 공감대를 가지고 현재 이치노세가 사는 도시를 향해 차를 몰고 있는 것이다. 겉으로는 도와코 씨를 돕고 싶다고 하지만, 실은 재결합의 선택지 앞에 선 두 사람에게서 자신과 아내의 모습을 투영시킨 것인지도 모른다.

"자, 도착했군."

사토나카가 한 코인 주차장에 차를 세웠고 우리는 차 문을 열고 내렸다. 이곳 바로 근처에 나기가 다니는 어린이집이 있었다. 우리는 그 입구를 감시하기로 했다.

어린이집은 시립 시설로 건물이 크고 깨끗했다. 넓진 않지만 정원도 있어서 몇 가지 놀이 기구들이 설치되어 있었다. 너무 가까이 다가가면 수상하게 보일 수 있었기에 입구에서 조금 떨어진 전봇대 뒤에 섰다. 이제 곧 저녁 6시였다. 보호자들이 아이를 데리러 오는 시간대다.

"이치노세의 얼굴을 아는 건 다스쿠 군뿐이네. 정신 똑바로 차리고 보라고."

사토나카는 그렇게 말하며 내 어깨를 토닥였다. 주변은 이미 어두워져서 멀리 떨어진 곳에서 사람의 얼굴을 판별하기는 어려웠다. 놓치지 않으려고 계속 집중해서 보느라 눈이 금세 피로해졌다.

아이를 데리러 오는 보호자들은 대부분이 여성이고 남자가 적은 게 다행이었다. 그리고 키와 체격, 머리 모양 등으로 먼저 구분한 뒤, 비슷한 남자 보호자가 보이면 입구 쪽 조명에 비친 얼굴을 확인했다. 그런 식으로 50분 정도가 지났을 무렵, 나는 목소리를 높였다.

"저 사람입니다."

깔끔하게 자른 짧은 머리, 마른 체형에 조금 큰 키, 그리고 단정한 얼굴 생김새까지. 쓰쿠모 서점에서 본 이치노세 순이 틀림없었다.

"뭐야, 저 샌님인가."

사토나카가 전봇대 뒤에서 몸을 내밀었다.

"네. 확실한 것 같아요."

"좋아, 그럼 다녀오지. 다스쿠 군은 여기서 기다리게."

"잘하고 오세요."

"맡겨두라고."

사토나카는 엄지를 세워 보이며 어린이집 문을 향해 성큼성큼 걸어갔다.

나는 그의 거침없는 걸음걸이를 보며 안심했다. 사토나카가 말로는 임기응변이니 뭐니 해도 어떻게 말을 걸지 미리 생각해두었던 것 같다. 뭐, 저 사람도 나보다는 훨씬 어른이니까 이런 상황에서의 적절한 행동을 숙지하고 있는 것이리라.

선생님이 딸인 나기를 부르러 갔는지 이치노세는 서류 가방을 든 채 따분하게 기다리고 있었다. 사토나카가 그를 향해 달려들더니 내가 있는 곳까지 들릴 만큼 큰 목청으로 소리를 질렀다.

"이 새끼야아아아아아! 네가 이치노세냐?"

⋯⋯뭐?

갑작스러운 사태에 놀란 이치노세는 그대로 굳어버렸고, 그런 그의 멱살을 사토나카가 움켜쥐었다.

"잘도 나의 도와코를 건드렸겠다, 이 자식! 당장 날 따라 나와!"

나는 머리를 감싸 쥐었다.

"자, 잠시만요. 누굽니까? 당신⋯⋯." 이치노세는 몸을 잡고 흔드는 사토나카에게 필사적으로 저항하며 물었다.

"나는 말이지, 도와코의 이거다!"

사토나카는 엄지를 내밀어 보였다. 대체 그는 지금 무슨 소릴 하고 있는 걸까. 도와코 씨와 사토나카가 그런 관계가 아니라는 건 누구보다 내가 잘 알고 있다.

"도와코의⋯⋯? 애인은 없다고 들었는데⋯⋯."

"됐으니까 얼른 따라오기나 하라고!"

"하지만 저는 지금 딸을 데리러 왔습니다. 게다가 제가 도와코를 건드렸다는 건 오해라고요."

"거짓말 집어치워! 제발 돌아와달라고 울고불고 매달렸

다면서?"

"그건…… 저기, 괜찮으십니까?" 갑자기 이치노세가 사토나카의 얼굴을 들여다보았다.

사토나카는 고개를 푹 숙인 채 어깨를 부르르 떨고 있었다. "도와코를, 나는 진심으로 도와코를 사랑한단 말이다……."

놀랍게도 사토나카는 울고 있었다. 이렇게 되자 도와코 씨에 대한 그의 마음도 어디까지가 진실인지 알 수 없었다.

"아빠, 그 아저씨 누구야?"

딸인 나기가 어느새 입구까지 나와 있었다. 나기는 아빠의 먹살을 쥔 채 오열하는 아저씨를 순진무구한 눈빛으로 바라보았다. 이치노세는 사토나카의 어깨에 팔을 두른 채 걸어가기 시작했고, 나는 뭐가 뭔지 몰라 당황하면서도 그들의 뒤를 쫓았다.

5

도보로 몇 분 거리에 패밀리 레스토랑이 있었고 이치노세 부녀와 사토나카는 그곳으로 들어갔다. 나도 조금 늦게 들어가서 점원에게 사정을 설명한 뒤, 그들에게서 적당히 떨어져 있으면서 이치노세의 뒷모습이 보이는 위치에 자리를 잡았다.

사토나카는 이미 울음을 그치고 테이블을 사이에 둔 채 이치노세와 마주 보고 있었다. 아빠 옆에 앉은 나기는 어린이 정식 세트에 열중하느라 어른들의 대화에 전혀 관심을 보이지 않는 것 같았다.

"어째서 도와코에게 재결합 이야기를 꺼낸 거지?"

사토나카가 먼저 입을 뗐고 나는 귀를 쫑긋 세웠다.

도와코 씨가 보냈다는 걸 들키면 안 된다고 실컷 말했으면서, 사토나카는 자신이 그녀의 지인이라는 것을 대놓고 밝혔다. 게다가 연인 사이라는 거짓말까지 하지 않았던가. 나는 이런 상태에서 이치노세가 속내를 이야기할 리 없다고 반쯤 포기했지만, 사토나카는 그런 상황을 역이용하기로 한 것 같았다.

"나도 남자다. 당신이 만약 솔직히 이야기해준다면 도와코를 양보하는 걸 생각해볼 수도 있어."

이치노세는 그 말을 믿어도 될지 고민하는 것 같았지만 결국은 조심스럽게 말을 꺼내기 시작했다.

"……요즘 들어 일이 바빠졌거든요. 혼자서 딸아이를 돌보기가 어려워졌습니다."

나기는 치킨라이스 산의 정상에 꽂힌 이쑤시개 깃발을 가지고 놀고 있었다.

"도와코가 딸을 돌보지 않았다는 구실로 친권을 받아냈을 텐데. 그런 주제에 이제 와서 딸을 돌봐달라는 건가?"

사토나카의 말투에는 비난의 뜻이 담겨 있었지만 이치노세는 담담히 대답했다.

"저는 도와코와 결혼하기 전부터 지금 직장에서 계약직으로 일했습니다. 그런데 작년에 회사의 제안으로 정사원이 되었습니다. 그렇게 되니 일이 훨씬 바빠져서 예전처럼 육아에 시간을 쪼개기 힘들어졌습니다. 올해에 접어들고부터는 중요한 프로젝트에도 참여하게 되어서……. 솔직히 자는 시간도 아까울 정도입니다."

표정은 보이지 않지만 힘든 상황을 불평하는 느낌은 아니었다.

"30대 중반이 넘어서 이런 말을 하는 게 한심해 보이겠지만, 제가 책임져야 할 일을 맡고 나서야 처음으로 일하는 게 정말 즐겁다는 생각을 하게 됐습니다. 힘들긴 해도 보람을 느낍니다. 하지만 일에 열중하게 된 만큼 딸아이에게 신경 써주는 시간도 줄어들었죠. 미안할 따름입니다."

"그래서 자기 대신에 엄마인 도와코가 딸의 곁에 있어주길 바라게 된 거군."

이치노세는 고개를 끄덕였다.

도와코 씨가 딸인 나기를 만나러 올 때가 있었기에 이치노세는 그녀의 상황이 어떤지를 본인에게서 직접 들었다고 한다. 바쁘게 일하던 회사를 그만두고 부모님의 서점을 물려받았다는 것, 예전에 비해(물론 한가한 건 아니지만) 조금은 시간을 낼 수 있게 되었다는 것, 그리고 현재 애인이나 재혼 예정도 없다는 것까지 말이다.

"무슨 말인지는 알겠어. 하지만 그렇다고 도와코에게 돌아와달라는 건 너무 뻔뻔하다고 생각하지 않나?" 사토나카는 매섭게 몰아붙였다.

아내와 딸이 함께 떠나버린 자신의 경험 때문인지도 몰랐다.

"……이혼의 원인을 만들었던 건 저도 변명의 여지가 없습니다. 하지만 모든 게 제 잘못이라고 혼자 짊어지려 해봐야 결국 그 부담이 딸아이에게 갈 뿐입니다. 실제로 지금도 어쩔 수 없이 나기를 외롭게 할 때가 많아졌어요. 그렇다면 그걸 해결할 방법을 찾아야 하지 않겠습니까? 그리고."

여기서 이치노세는 목소리를 조금 낮추었다.

"지금은 도와코가 그때 어떤 마음이었는지 조금은 이해할 수 있을 것 같으니까요."

"도와코의 마음을?"

"네. 출산 후에 곧바로 복직하더니 딸아이를 저에게만 떠넘기다시피 하는 걸 보고…… 솔직히 이 사람에겐 부모로서의 애정이 결여된 게 아닌가 싶은 의심마저 들었습니다. 그래서 이혼할 때 그녀에게 딸을 맡길 수 없으니 제가 데려가겠다고 주장했던 겁니다. 하지만 지금은 일을 소중히 하던 도와코의 마음이 이해가 됩니다. 저도 그렇게 됐으니까요."

정사원이 되면서 일에 대한 기쁨과 긍지를 발견한 것이리라.

"물론 딸아이는 일보다 훨씬 중요합니다. 그건 무엇과도 비교할 수 없죠. 하지만." 이치노세는 고개를 숙이며 떨리는 목소리로 말했다. "바빠지다 보니 부모로서 절대 해선 안 되는 생각이 들 때도 있습니다……."

나는 그가 무슨 말을 하려는지 알아차렸다. 딸만 없었으면 일에 더 몰두할 수 있을 텐데. 그런 생각이 뇌리를 스친 것이리라.

이치노세는 정신적으로 궁지에 몰려 있는 게 분명했다. 그래서 그는 도와코 씨를 의지하려고 했다. 그렇게 할 수밖에 없었던 것이다.

"그렇다면 왜 도와코에게 솔직히 이야기하지 않았지?"

사토나카의 목소리에서 험악함이 사라지며 위로하는 투로 바뀌었다.

"이혼할 때 딸을 데려가면서 도와코에게 일에 대해 집착한다며 많이 비난했습니다. 이제 와서 일이 바빠졌으니까 도와달라는 말은 제 입으로 도저히……."

"지금 그런 말을 하고 있을 땐가? 딸을 위해서라면 도와코에게 무슨 말을 듣든, 따귀를 한두 대 맞든 간에 전부 받아들일 각오로 부딪혀야지."

사토나카도 한 아이의 아버지로서 진심으로 화를 내는 것처럼 보였다. 이치노세는 어깨를 움츠린 재 몸 둘 바 몰라 하고 있었다.

"맞는 말씀입니다……. 사실은 이야기할 용기가 없었던 것뿐이에요. 애초에 이혼의 원인을 만든 제가 그녀의 도움을 받겠다는 안일한 생각을 하고, 그런 주제에 체면까지 차리고 있었네요……. 저는 아빠로서 실격입니다……."

이치노세는 더욱 자책하고 있었다. 사토나카는 자기 머

리를 세차게 헤집으며 선언했다.

"보류!"

이치노세는 움찔 놀라며 물었다. "보류라면……."

"오늘 들은 이야기만으로는 아무래도 도와코를 양보하지 못하겠어. 하지만 그렇다고 다른 해결책이 있는 것도 아니고, 저 아이의 미래가 당신에게 달려 있으니 그냥 외면하면 꿈자리가 사나워지겠지. 따라서 오늘은 일단 보류하기로 하겠어."

"하지만 그렇다면 저는 어떻게 해야 좋을까요?"

사토나카는 아랫입술을 비죽 내밀며 말했다. "어차피 난 제삼자니까 말이지. 어떻게 할지는 도와코 본인이 결정할 걸세."

노골적일 만큼 솔직한 이야기였다.

사토나카는 테이블 위의 계산서를 들고 밥값을 계산하고는 레스토랑을 나갔다. 나도 뒤를 따라 나간 뒤 코인 주차장에서 합류해서 차에 올라탔다.

"이야기는 들었겠지? 어떻게 생각하나?"

질문을 받았지만 뭐라고 대답해야 좋을지 모르겠다.

"뭐랄까, 저는 무의식중에 자꾸 도와코 씨 편에 서게 되어서…… 정신 좀 차리라는 말이 하고 싶어지던데요."

"자네치고는 신랄하군." 사토나카는 쓴웃음을 지으며 말을 이었다. "하지만 말이지, 세상 사람들이 원래 다 저렇지 않겠나? 일시적인 감정에 휘둘려서 마음껏 행동하다가 사정이 바뀌면 입을 싹 닦게 마련이지. 다들 그렇게 주먹구구식으로 사는 거야. 하지만 그걸 누가 비난할 수 있겠나. 세상엔 예지 능력 같은 게 있을 리 만무하고, 미래를 나름대로 예상해본들 조금도 들어맞지 않는 법일세. 나도 몇 년 전만 해도 이 나이 먹고 혼자 살게 될 줄은 상상조차 못 했다고. 자네는 안 그런가? 애써서 취직한 회사를 2년도 못 채우고 그만둘 거라고 생각이나 했겠어? 그러니 결국은 상황에 따라 움직일 수밖에 없는 걸세. 본인은 나름대로 최선을 다해서 노력했지만, 그게 다른 사람들 눈에는 비상식적으로 보이는 경우가 얼마든지 있네. 우리는 안 그렇다고 누가 단언할 수 있겠나?"

말문이 막혔다. 사토나카가 이치노세를 옹호하는 듯한 말을 할 줄은 몰랐기 때문이었다.

"나는 말이지, 그 남자가 한심하긴 해도 최소한 딸에 대한 사랑만큼은 진실되어 보였어. 자기혐오에 빠져 나잇값도 못 하고 울먹이는 것도 다 애정 때문 아니겠나. 자네는 자식 입장에서 바라보느라 아버지에게 엄격해질 수밖에 없는지도 모르지만 말이야."

자식이 없는 내가 딸인 나기에게 감정 이입한 반면에 사토나카는 같은 아버지로서 자식에 대한 이치노세의 애정을 발견했다고 한다. 그렇다면 그의 판단을 믿어봐도 되지 않을까.

"그래서 보류였던 거군요. 탈락이 아니라."

내 말에 사토나카는 쑥스러워했다.

"나 같은 게 참견하지 않아도 도와코 씨라면 딸을 위한 올바른 선택을 할 걸세."

사토나카가 차의 시동을 켰고 우리는 구스다로 돌아가기 시작했다. 고속도로로 나와 한동안 길을 따라 달렸을 때 내가 물었다.

"갑자기 생각났는데, 그건 정말이었나요?"

"그거라니?"

"도와코 씨를 사랑한다는."

갑자기 사토나카가 핸들을 잘못 움직였다. 차가 반대쪽 차선으로 빠져나가는 동시에 맞은편에서 오던 자동차가 요란하게 경적을 울렸다. 하마터면 정면충돌할 뻔한 상황이었지만 다행히 사토나카가 핸들을 다시 꺾으며 원래의 차선으로 돌아온 덕에 사고를 피했다.

"죽는 줄 알았잖아요!"

내가 항의하자 사토나카도 항의했다.

"자네가 이상한 소릴 하니까 그렇지!"

맞은편의 전조등에 비춰진 사토나카의 옆얼굴이 붉게 상기된 것 같았다.

"이상한 소리라니…… 본인이 그렇게 말했잖아요."

"그냥 그럴 듯한 구실이 필요해서 나도 모르게 나온 소리라고. 어쨌든 그 상황에선 그렇게 말할 수밖에 없었네. 알겠나? 그 일은 두 번 다시 입 밖에 꺼내지 말게. 특히 도와코 씨 앞에서는."

지나치게 발끈하는 것을 보니 더더욱 진심인 것 같았다. 아직 이혼도 안 했으면서 이래도 되나 싶기도 했지만 나에게 남의 사랑을 비웃는 악취미는 없었고 무엇보다 죽고 싶지 않았다. 나는 더 이상 그의 마음을 떠보려는 시도를 하지 않기로 했다.

6

"……라고 하더군."

나와 사토나카는 그날 구스다에 돌아오자마자 바 태스크로 향했다. 사토나카가 이치노세와 나눈 대화를 전부 들려주자 도와코 씨는 이번에도 손으로 턱을 괴었다.

"어떻게 해야 좋을까?"

"글쎄, 결국 도와코 씨가 결정할 수밖에 없을 테니……."

"뭔가 석연치가 않아. 영 수상해."

　갑자기 끼어든 건 미라이였다.

"수상하다고?"

"일 때문에 아이를 돌보기 힘들어서 도움을 요청하러 온 거라면, 역시 솔직히 이야기하는 게 맞잖아. 아직도 뭔가를 숨기고 있다는 느낌이 들어."

"나한테는 그렇게 느껴지지 않았는데 말이지."

　이치노세와 직접 대화한 사토나카가 부정을 했지만 미라이는 물러서지 않았다.

"사토나카 씨는 남자잖아. 원래 동성끼리는 무의식중에 너그러워지는 법이라고."

"도와코 씨는 어떻게 생각하세요?"

　내 질문에 도와코 씨는 딱히 모르겠다는 표정을 지었다.

"무언가를 숨기려 하면 바로 티가 나는 사람이었다고 기억하는데……."

"만약 미라이의 말이 맞는다고 쳐도 말이지. 무언가를 숨기는 것 같다고 느낄 때마다 결단을 미룬다면 끝이 없다고. 어느 시점에선 결론을 내야 해."

"그야 그렇지만 지금 당장 답을 찾아야 하는 것도 아니잖아."

당연한 말이었다. 사토나카는 도와코 씨의 미래를 걱정해서 하는 말일 테지만, 이런 상황에서 결론을 재촉하는 것 자체가 가혹한 일이다.

"딸아이를 가장 우선시해야 한다는 생각은 해. 하지만 나에게도 지금의 생활이 있으니까 그 사람에게 가려면 많은 것들을 포기해야 하잖아. 이 가게, 서점과 바도 계속할 수 없게 될 테고."

그 말을 듣고 나는 문득 깨달았다.

이치노세가 사는 곳에 가려면 차로 한 시간 넘게 걸린다. 도와코 씨가 그들 부녀와 함께 생활하면서 바 태스크를 계속 운영하는 건 사실상 불가능했다. 쓰쿠모 서점만 운영하는 경우에도 체력적인 부담이 만만치 않을뿐더러 결국 딸을 돌볼 시간이 거의 없을 것이다.

거기까지 생각하지 못했다니, 안일하다고 할 수밖에 없었다. 나는 지금 실직의 위기에 직면한 것이다.

도와코 씨는 나의 동요를 꿰뚫어 본 것처럼 덧붙였다.

"다스쿠 씨도 걱정이야."

그래도 나는 허세를 부렸다. "저는 신경 쓰지 않으셔도 됩니다. 도와코 씨는 본인 생각만 하세요."

"말 잘했다, 다스쿠 군. 그래야 남자지."

멋대가리 없는 칭찬이었지만 썩 나쁜 기분은 아니었다.

"어쨌든 난 할 수 있는 일을 다 했네. 더 이상은 돕기 힘들 것 같아."

"그렇겠네. 고마워, 사토나카 씨."

"고맙긴. 내가 먼저 하겠다고 나선 일인데."

크게 도움이 된 것 같진 않지만 사토나카는 의기양양한 얼굴이었다.

"그리고 다스쿠 씨도 고마워."

"아니요. 이번에 제가 한 일이라곤 이치노세 씨를 알아본 것뿐인데요."

도와코 씨는 갑자기 진지한 표정을 짓더니 우리의 얼굴을 돌아보며 말했다. "신중하게 생각해볼게. 그 사람과도 좀 더 이야기를 나눠보고."

7

하지만 그날 이후로 도와코 씨의 고민은 더욱 깊어가는 것처럼 보였다.

서점에서도, 바에서도 그녀의 한숨 소리만 들렸다. 언젠가 한숨을 쉬는 것만으로 칼로리가 소모되기 때문에 다이어트 효과가 있다는 얼토당토않은 소문을 들은 적이 있는데, 그게 사실이라면 도와코 씨는 지금쯤 뼈만 남지 않았을까 싶을 정도였다.

평소에는 매사에 초연해 보이고 다급해하는 티를 전혀 내지 않지만, 일을 할 때만큼은 늘 성실하다는 걸 그녀가 밝힌 과거만 봐도 알 수 있다. 이럴 때만이라도 내가 되도록 많은 일을 도맡아서 도와코 씨를 편하게 해주고 싶었다. 하지만 그녀는 마치 번뇌를 떨쳐내려는 듯이 평소 때보다 더욱더 가열차게 일했다. 그러면서도 잠깐 한가해질 때는 역시 우울함에 잠겨 있곤 했다.

곁에서 그녀를 걱정스레 지켜보면서도 시간은 빠르게 지나갔다. 하지만 그런 평온함이야말로 폭풍전야의 고요함이라는 것을 나는 곧 깨닫게 되었다.

순식간에 연말이 다가와 12월 30일, 쓰쿠모 서점의 올해 마지막 영업이 끝났다. 뒷정리를 마친 도와코 씨는 가게 앞에서 기지개를 켰다.

"올해도 참 열심히 일했네. 다스쿠 씨가 와준 뒤로 정말 여러모로 도움을 받았어. 고마워."

"저야말로 많이 신세를 졌는데요. 도와코 씨가 거둬주신 덕분에 더 이상 방황하지 않게 됐잖아요."

나는 깊이 머리를 숙였다. 도와코 씨가 제안해주지 않았다면 지금도 백수인 채로 무의미한 시간을 보내고 있었으리라. 아무리 감사해도 충분하지 않았다.

돌아갈 채비는 이미 끝나 있었다. 코트 단추를 잠그는 내게, 도와코 씨가 하얀 입김과 함께 말했다.

"새해 영업은 4일부터야. 푹 쉬면서 새해를 맞이하라고."

"네, 도와코 씨도 새해 복 많이 받으세요."

나는 손을 흔들며 쓰쿠모 서점에서 등을 돌려 집을 향해 걸어가려 했다. 그 순간, 뒤쪽에서 풀썩하는 소리가 났다.

나는 뒤를 돌아보았다.

"도, 도와코 씨!"

도와코 씨가 길 위에 쓰러져 있었다.

나는 황급히 달려가 그녀의 몸을 부축했다. 이런 상황에서는 계속 누워 있게 놔두는 것이 좋을지도 모른다. 하지만 급박한 상황에서 적절한 대처가 무엇인지 판단할 만한 여유가 없었다.

"도와코 씨, 괜찮으세요? 눈 좀 떠보세요!"

필사적으로 불러댔지만 도와코 씨는 깨어나지 않았다. 다행히 때마침 근처를 지나던 사람이 바로 응급차를 불러 주었다.

"……과로인 것 같습니다."

도와코 씨를 진찰한 남자 의사가 병원까지 따라온 내게 제일 먼저 꺼낸 말이었다.

지금 나는 도와코 씨의 병실에서 나온 의사에게서 이야기를 듣고 있었다. 나는 도와코 씨의 집으로 급히 연락을 했고 그녀의 부모님이 바로 병원으로 오겠다고 말씀하셨다. 따라서 제대로 된 설명은 그분들이 들으실 것이다. 나는 임시 보호자로서 최소한의 간단한 진단 내용을 전해 들은 것에 불과했다.

"과로……라고요. 심각한 병 같은 건 없는 거죠?"

"네, 지금은 의식이 돌아와 병실에서 안정을 취하고 있습니다. 필요한 검사를 마쳤지만 특별히 안 좋은 곳은 없어요. 잠시 쉬고 나면 오늘 밤 안으로 집에 돌아가실 수 있을 겁니다."

나는 가슴을 쓸어내렸다. 무엇보다도 목숨에 지장이 없어 다행이었다.

"이야기를 들어보니 최근엔 밤에 계속 잠을 이루지 못했다더군요. 그런데도 밤이고 낮이고 계속 일하셨다죠. 그렇게 하면 누구라도 몸이 배겨나지 못합니다."

나는 도와코 씨가 수면 부족이라는 걸 전혀 모르고 있었다. 재결합 문제로 어지간히 마음고생이 심했나 보다. 쓰러질 정도로 무리를 했다면 얼굴이나 행동에서 분명 티가 났을 텐데, 매일 오랜 시간을 함께 보내면서도 전혀 알아채지 못한 내 둔감함이 저주스러웠다.

"다행히 연말연시에는 일을 쉬신다고요? 어쨌든 푹 쉬고 회복에 전념하셔야 합니다."

"도와코 씨와 이야기를 해도 될까요?"

"괜찮습니다. 피곤해하지 않도록 잘 배려해주세요. 그럼 이만."

의사는 가벼운 인사와 함께 자리를 떴다.

나는 병실의 미닫이문을 슬며시 열었다. 새하얀 시트에 덮인 침대 위에서 도와코 씨가 내게 불안한 눈빛을 보내고 있었다.

"도와코 씨."

나는 침대 옆에 다가가 이름을 불러보았다. 도와코 씨의 목소리는 자다가 깬 사람처럼 몽롱했다.

"민폐를 끼쳤네. 미안."

"괜찮아요. 지금은 본인 건강만 생각하세요."

도와코 씨는 초점이 맞지 않는 눈으로 천장을 올려다보았다.

"너무 무리하게 일했다고 의사 선생님한테 혼났어."

"그런 것 같네요. 큰 병이 아니라서 다행이에요."

위로하려는 말이 아니라 진심이었다. 하지만 도와코 씨의 표정은 침울하기만 했다.

"옛날부터 그랬어. 힘든 일이나 괴로운 일이 있을 때도 일에 몰두해 있는 동안에는 잊을 수 있었거든. 그러면 살아 있다는 게 실감이 나서 더욱 열심히 하고 싶어졌어. 하지만……." 그녀는 자신의 팔을 어루만지며 말했다. "내 몸은 열심히 하는 것조차 허락해주지 않나 봐."

도와코 씨의 눈에 눈물이 맺혔다.

"지난번에도 그러다 쓰러지고, 가만히 누워 있었더니 이혼했다는 서글픔이 한꺼번에 몰려와서…… 얼마나 울었는지 몰라. 일을 쉴 수밖에 없게 되니까 하루 종일 울기만 하면서 지냈어."

"도와코 씨……."

"나도 참 바보야. 조금도 성장하지 못했는걸."

무리하게 짓는 미소가 오히려 더 애처로웠다.

나는 예전에 일이 힘들어져서 마음에 병이 든 끝에 그곳으로부터 도망쳐 나왔다. 지금도 그 판단이 옳았다고 확신하지만 도망쳤다는 사실은 변함없었다.

반대로 도와코 씨는 다른 힘든 상황에 쫓길 때마다 일로 도망쳤다. 그것은 누군가가 음악으로 마음을 치유하거나 등산을 통해 재충전의 시간을 갖는 것과 똑같은 행위였다. 도와코 씨가 일을 통해 정신적 안정을 유지할 수 있었다면 그것 자체는 전혀 문제될 게 없다. 일반적인 시각으로 봐도 열심히 일한다는 것은 오히려 칭찬받을 행위가 아닌가.

그래서 '일을 하면 안 된다'는 말을 들었을 때, 도와코 씨는 음악 애호가에게 일시적인 난청이 오거나 등산 애호가가 다리를 다치는 것과 비슷한 절망을 맛보았을 것이다. 그녀에게는 도망칠 장소를 빼앗긴 것이나 다름없었다.

지금 도와코 씨를 일하게 할 수는 없다. 하지만 그렇다고 그녀에게 모든 일을 금지시켜도 되는 걸까? 예전과 똑같은 절망을 그녀에게 안겨도 되는 걸까?

내가 해줄 수 있는 것은 한 가지뿐이다. 그리고 그것은 그녀를 여기까지 몰아넣은 고민에서 해방시킬 실마리가 되어줄 것이다.

"도와코 씨."

나는 다시 한번 이름을 불렀다. 도와코 씨는 눈가를 닦아냈다.

"왜?"

"지금부터 제가 당신에게 '일'을 부과하겠습니다."

먼저 그녀의 눈동자에서 놀라움이 나타났다. 그리고 이어진 것은 환영이 아니었다. 나를 가늠하고 시험하는 듯한 눈빛이었다.

"보수가 없으면 일이라고 할 수 없어."

물론 나는 그런 것도 생각하지 않고 말을 꺼낸 게 아니었다.

"보수는 당신이 없는 동안 내가 쓰쿠모 서점을 지키는 것, 어떤가요?"

도와코 씨는 바로 깨달은 것 같았다. 내가 어중간한 마음으로 그녀에게 일을 부과하는 것이 아니라는 사실을. 그녀는 입가에 미소를 지었다.

"그래서 나는 뭘 하면 되는데?"

고용자와 피고용자의 관계가 처음으로 역전되려 하고 있었다. 나는 지시하는 자세를 끝까지 유지하며 도와코 씨에게 말했다.

"제가 부과하는 일, 그것은⋯⋯."

8

도와코 씨가 과로로 쓰러질 만큼 궁지에 몰린 것은 결국 전남편과의 재결합 문제로 고민했기 때문이었다. 그렇다면 결론을 내는 것 외에 그녀가 부활할 방법은 없었다.

하지만 그녀는 지금까지도 결론을 내기 위해 필사적으로 노력해왔을 것이다. 그런데도 결정을 내리지 못했다면 결국 머릿속으로 생각만 해선 안 된다는 이야기였다. 그래서 나는⋯⋯.

오늘은 연초 휴가가 끝나고 쓰쿠모 서점의 새해 영업을 시작하는 날이었다. 우리 집 현관에서 스니커즈 끈을 묶고 있으려니까 등 뒤에서 어머니가 말을 건네셨다.

"정말로 괜찮은 거니? 너 혼자서 서점을 운영하다니."

어머니가 걱정스러워하셨지만 아쉽게도 나는 자신감 넘

치는 대답을 할 수 없었다.

"불안하지 않다면 거짓말이겠지. 하지만 할 수밖에 없어." 나는 말을 이었다. "약속했거든, 도와코 씨가 없는 동안 내가 쓰쿠모 서점을 지키겠다고. 뭐, 지금까지도 혼자 가게를 지킨 적이 몇 번이나 있으니까 요령은 파악하고 있어. 그리고 유사시에는 전화든 뭐든 도와코 씨에게 연락을 하면 괜찮을 거야. 물론 되도록 나 혼자 해결하도록 노력하긴 할 테지만."

"일을 관두고 방황하던 게 거짓말 같네."

어머니가 눈을 가늘게 떴다.

"벌써 반년이나 지났는걸. 나도 몰랐어. 내가 이렇게 열심히 노력할 수 있다는 걸."

나는 뒤돌아보지 않고 다녀오겠다는 말만 남긴 채 집에서 나왔다. 쑥스러움을 숨기기 위해서였다.

쓰쿠모 서점에 도착하자 가게 앞에 도와코 씨의 모습이 보였다. 하얀 입김을 내뿜은 채 서 있던 그녀는 어깨에 보스턴백을 메고 있었다.

"다스쿠 씨, 내가 돌아올 때까지 잘 부탁할게."

"맡겨만 주세요."

나는 허세를 부렸다. 가슴을 쿵 하고 때리며 아무 걱정말라는 말까지 했다.

내가 도와코 씨에게 부과한 일. 그것은 '다시 한번 가족으로 살아보기'였다. 이치노세와 딸 나기와 도와코 씨, 셋이서 함께 생활하는 것이다.

설령 도와코 씨가 재결합에 동의한다 해도 그들의 생활이 원만할지는 직접 살아보기 전엔 알 수 없었다. 그래서 결단을 내리기 전에 일단 시험해보는 게 어떨까 하는 생각을 한 것이다. 그래서 잘 되면 재결합을 하면 되고, 문제가 있을 땐 안 하면 그만이다. 무척 중요한 일이니만큼 이치노세도 그 정도는 이해해줄 것이다.

도와코 씨가 이치노세의 집에서 살게 된다면 현재의 서점과 바에서 일을 계속하긴 힘들어진다. 그 점 때문에 도와코 씨가 반대할지도 모른다고 생각했지만 그녀는 의외로 순순히 내 제안을 받아들였다. 그리고 도와코 씨는 이치노세에게 연락을 했고, 그 결과 일시적이나마 그녀가 함께해준다면 환영하겠다는 대답이 돌아왔다. 그래서 오늘, 즉 쓰쿠모 서점이 영업을 재개하는 1월 4일부터 도와코 씨는 이치노세가 사는 도시로 가게 되었다.

"가게는 걱정하지 말고 본인 스스로 이해가 갈 때까지 미래에 대해 고민해보세요."

"고마워, 다스쿠 씨. 하지만 바까지 맡길 순 없으니까 사토나카 씨와 미라이가 걱정이네."

태스크의 단골손님까지 걱정하는 게 도와코 씨다웠다. 마음은 이해하지만 그 두 사람도 성인이다. 여기가 닫혀 있으면 다른 장소를 찾아낼 것이다.

"그러면 가볼게. 열심히 해."

"네, 도와코 씨도 잘 다녀오세요."

그리고 나는 구스다 역 쪽으로 걸어가는 도와코 씨의 뒷모습을 서점 앞에서 배웅했다.

그로부터 일주일 동안, 정확히는 정기 휴일을 제외한 엿새 동안 나는 쓰쿠모 서점의 영업에 필요한 대부분의 업무를 혼자 해냈다.

상품 주문, 진열, 접객부터 청소에 이르기까지 서점 직원이 해야 할 일은 한두 가지가 아니었다. 도와코 씨에게 요령은 배워두었지만 혼자서는 처음 하는 일이 많다 보니 불안할 수밖에 없었다. 판매대를 특설해서 행사를 여는 식의 특별한 작업은 엄두도 못 냈고, 일단 큰 실수 없이 끝내는 것을 우선시하며 평소처럼 담담하게 일을 해나갔다.

전 직장에서는 무슨 일을 해도 엉망진창에 한없이 무능

하기만 했던 내가 혼자서도 어떻게든 가게를 책임지고 있다는 것이 놀라울 따름이었다. 나는 내가 생각했던 것만큼 무능하진 않았던 걸까? 아니면 서점 직원의 일이 우연히 내 적성에 맞았던 걸까? 아니면 이 서점에서 반년 넘게 일하면서 나도 나름대로 성장한 걸까?

흔히 '천직'이라는 말을 쓴다. 이 세상에 천직이라는 게 있다 쳐도 그것이 한 사람당 한 가지로 한정되진 않는다. 음악과 소설, 연기까지 다방면으로 활약해서 천직이 서너 개나 있는 것처럼 보이는(본인 입장에선 전부 열심히 노력해서 쟁취한 능력이니 천직이라는 말이 기분 나쁠지도 모르지만) 사람이 있는가 하면 수많은 직업 중에서 비교적 괜찮은 것을 골라 천직이 뭔지도 모르는 채 살아가는 사람도 잔뜩 있을 것이다.

천직이라는 말은 너무 거창하다 쳐도, 사람마다 주어진 재능이 다르다는 이야기라면 많은 사람들이 공감할 것 같다. 그런 재능은 직접 시도해보기 전까진 절대 알 수 없다. 하지만 직업이란 옷을 갈아입듯이 자주 바뀌가면서 체험할 수 있는 것이 아니다. 결국 현재 하고 있는 일을 천직이라고 믿을 수 있는가 하는 주관의 문제가 될지도 모르지만, 도저히 그렇게 생각할 수 없는 직업도 존재한다는 것을 나는 알고 있다. 따라서 많은 직업을 직접 체험해볼 수 없다는 점을 떠올릴 때마다 인생이란 어쩌면 이리도 가혹한가 하는 한탄을 금할 수 없다.

나는 절대 천직이 될 수 없었던 전 직장을 그만두고 지금은 서점 직원으로서 열심히 살아가고 있다. 그 사실은 내게 기쁨을 가져다주었다. 물론 이걸 천직이라 부르기엔 아직 이르다. 내게 좀 더 잘 맞는 일이 있을지도 모른다는 생각을 하는 한편, 서점에서 평생 일하는 내 모습을 상상하기도 한다. 다만 아직까지 나는 도와코 씨라는 지붕 밑에서 비를 피하고 있는 것에 지나지 않는다. 언젠가는 이일을 천직이라 부르기 위해, 혹은 다른 천직을 찾아내기 위해 지붕 밖으로 걸어 나가야만 한다는 생각이 조금씩 싹을 틔우고 있었다.

그건 그렇고, 방금 전에 나 혼자서 가게를 책임졌다고 잘난 척 떠들었지만 사실 그동안 계속 혼자 일했던 것은 아니었다.

영업 첫날, 즉 4일 오후였다. 할머니라 부르기엔 조금 이른 나이대의 여성분이 쓰쿠모 서점에 찾아왔다. 손님인가 생각했지만 그렇지 않았다.

"당신이 다스쿠 씨군요. 제가 뭔가 도울 일은 없나요?"

"저기, 누구신지⋯⋯."

그 여성분은 주름진 눈가로 미소를 짓더니 천천히 고개를 숙였다.

"도와코의 엄마인 다마에라고 해요. 딸이 항상 신세를 지고 있다죠."

첫 대면이기에 놀랄 수밖에 없었다. 하지만 잘 생각해보면 도와코 씨가 이어받기 전에는 그녀의 부모님이 쓰쿠모 서점을 경영하고 있었다. 당연히 집도 이 근처일텐데 지금까지 한 번도 마주치지 않았다는 것이 오히려 신기할 정도다.

도와코 씨가 쓰쿠모 서점을 싹 뜯어고쳤기에 일하는 요령이 다를 수도 있었다. 하지만 한때 이 가게를 운영했던 어머님이 함께해준다면 나에게는 천군만마나 다름없었다. 나는 즉시 잘 모르겠는 부분이나 헷갈리는 업무에 관해 물어보았고 그중 몇 가지에 대한 유용한 답을 얻을 수 있었다.

그런 대화도 일단락되고 자질구레한 작업을 마쳤을 무렵, 나는 가게 안에 손님이 없는 것을 확인하고 계산대를 담당하던 다마에 씨에게 말을 붙였다.

"도와코 씨가 가게를 도와달라고 한 건가요?"

다마에 씨는 흰머리가 섞인 머리카락을 귀 뒤로 넘겼다.

"네. 아르바이트생이 혼자 불안해할 거라면서요."

"그러면 도와코 씨가 처한 상황도 알고 계시겠네요."

"계속 고민하다 과로로 쓰러지다니, 제 딸이지만 참 못 미더워서 큰일이에요. 하지만 나기 아범과 다시 합칠지도 모른다고 하니까 지금은 지켜볼 수밖에요."

다마에 씨에게도 큰 사건이었을 테지만 그런 것치고는 점잖은 말투였다. 도와코 씨가 가진 특유의 분위기는 어머니에게서 물려받은 것임을 알 수 있었다.

"어머님은 당연히 이치노세 씨도 잘 아시겠네요. 재결합에 찬성이신가요? 아니면 반대하시나요?"

"글쎄요. 어차피 제가 결정할 일은 아니니까 말이죠. 제 딸이 워낙 고집이 세기도 하고요."

웃음이 나왔다. 도와코 씨의 고집이 세다는 건 나도 잘 알고 있다.

"하지만 귀여운 손녀를 다시 자주 볼 수 있게 된다면 저야 기쁘겠네요. 지금은 거의 못 만나고 있거든요."

이혼으로 인해 갈라진 것은 모녀 사이만이 아닌 듯했다.

"어쨌든 오늘은 마음이 든든하네요. 어머님이 같이 계셔주셔서요."

"어머, 저는 이미 옛날에 은퇴한 몸인데요."

"그래도 구관이 명관이라고 하잖아요."

구관이라는 표현이 실례일지도 모른다고 생각했지만 다마에 씨는 웃고 있었다.

"이렇게 뵈니까 정정하신 것 같은데요. 그런데 도와코 씨에게 가게를 물려주신 뒤로는 일을 전혀 하지 않으셨나 봐요."

"그 아이가 원하지 않는 것 같았거든요. 도와코가 가게를 이어받겠다는 말을 꺼냈을 때 우리 부부는 절대 간섭하지 않고 딸이 원하는 대로 하게 내버려뒀어요. 그 아이는 어렸을 때부터 뭐든 자기 마음대로 해봐야 직성이 풀리는 성격이었거든요. 좋은 뜻으로 조언하거나 도우려고 해도 금방 화를 냈죠."

그런 성격 탓에 혼자서 너무 많은 일을 짊어지려 했던 것이리라.

"도와코 씨는 어렸을 때 어땠어요?"

"자기만의 세계가 확고한 아이였죠. 책 읽는 걸 좋아했는데 특히 어린이용 위인전을 자주 사달라고 했어요. 『헬렌 켈러』 같은 건 그림책처럼 수도 없이 읽을 정도였죠."

헬렌 켈러. 새삼스레 설명할 필요도 없을 테지만, 시각과 청각의 장애를 가지고도 가정교사 설리번 선생님과 함께 꿋꿋이 살아가는 모습으로 많은 사람들에게 감동을 선사했던 여성의 이름이다. 위인전에는 보통 성공을 위한 힘겨운 노력의 과정이 담겨 있으므로 그 점이 도와코 씨의 뚝심 있는 성격과 잘 맞았을 것이다. 아니면 오히려 그런 독서 경험이야말로 그녀가 일에만 몰두하게 된 배경이 되었는지도 모르겠다.

"세 살 버릇 여든 간다는 말처럼 우리 딸의 그런 성격은 어른이 되어서도 크게 바뀌지 않았어요. 그래서 도와코가 가게를 이어받는다면 우리 부부가 남아봐야 방해만 될 거라고 생각한 거예요. 지금이야 그 아이가 쓰러지기 전에 도왔어야 했다는 생각도 들지만요."

"제가 부족한 탓이죠. 죄송합니다."

"아니에요. 그 나이를 먹고 자기 관리 하나 못하는 도와코에게 잘못이 있는 거죠." 다마에 씨가 단호히 말했다.

나는 민망함에 머리를 긁적였다.

"하지만 그 아이가 재결합하겠다고 결정하면 우리 부부가 이 서점에 돌아와야 할지도 모르겠네요."

다마에 씨는 별로 귀찮지도 않다는 말투로 이야기했다.

"어머님은 그래도 괜찮으시겠어요?"

"당분간은 상관없겠죠. 아직은 몸도 멀쩡하고요. 지난 몇 년 동안은 이른 노후 생활을 억지로 보내야 했는데, 사는 보람이 영 없어서 말이에요."

이분 또한 일을 사랑하는 사람이었다. 역시 피는 속일 수 없나 보다.

"그래도 지하 가게는 우리 부부가 어떻게 할 수 없을 텐데……. 혹시 그쪽은 다스쿠 씨가 맡아줄래요?"

"아, 아뇨. 바텐더라니, 저한테는 도저히……."

나는 손을 내저었다. 그러기엔 너무 부담이 컸다.

다마에 씨는 농담이라며 웃으며 말했다. "도와코가 결론을 낼 때까지는 이것저것 생각해봐야 소용이 없겠죠. 우리도 믿으면서 기다려봐요."

친딸인데도 왠지 모르게 남의 일처럼 말하는 것 같았다. 하지만 나는 그게 매정하다고 생각하지 않았다. 자식인 도와코 씨를 독립된 인간으로 존중하는 느낌이 들어서였다.

그 뒤로도 다마에 씨는 이틀에 한 번꼴로 쓰쿠모 서점을 찾아왔고 덕분에 큰 도움을 받을 수 있었다. 참고로 도와코 씨의 아버지는 취미인 낚시와 영화 감상에 빠져 사느라 바쁘다고 하며 가게에는 한 번도 나타나지 않았다.

긴장을 풀 수 없는 하루하루가 빠르게 지나갔다. 일주일 동안의 영업이 끝난 시점에서 가게의 매상은 평소와 크게 다르지 않았다. 그 사실을 우쭐해하려는 것은 아니다. 이제 혼자서도 잘할 수 있겠다는 생각도 들지 않았다. 우연히 매출이 떨어지지 않은 것일 뿐, 이런 식의 소극적인 영업만 계속한다면 결국 손님은 줄어들기 시작할 것이다. 다만 서점 직원으로서, 아니, 사회인으로서 지난 일주일의 경험은 내게 커다란 자신감을 심어주었다.

그리고 도와코 씨가 돌아왔다.

9

그날 오픈 시간인 오전 10시를 넘자마자 도와코 씨가 쓰쿠모 서점에 나타났다.

"다스쿠 씨, 그동안 수고 많았어."

"도와코 씨!"

유리문이 열렸을 때, 나는 도와코 씨의 머리 위로 비치는 후광을 바라보며 그녀가 미리 봄을 데려온 것 같다는 착각을 느꼈다. 1월 중순치고는 따뜻한 날씨였다.

"훌륭하게 일하고 있나 보네. 잘했어, 잘했어."

도와코 씨는 부리나케 뛰어온 내 팔을 토닥여주었다.

"이치노세 씨와 함께 생활하는 건 어떠셨어요?"

도와코 씨는 내 질문에 바로 대답하지 않고 어깨에 멘 토트백에서 베이지색 앞치마를 꺼내 입기 시작했다. 평소처럼 일할 생각인 듯했다. 끈을 묶기 위해 손을 뒤로 뻗었을 때 꽃향기 같은 것이 났다.

"그 사람과의 생활…… 말이지. 그게…….."

나는 도와코 씨의 한숨을 보고 잘되지 않았구나 하고 짐작했다. 하지만 이어지는 말은 정반대였다.

"뭐랄까, 나쁘지 않았어."

"……그러셨어요."

도와코 씨가 내 얼굴을 들여다보았다.

"다스쿠 씨는 어떻게 반응해야 좋을지 모르겠다는 표정이네."

"아, 아뇨. 그런 건…….."

정곡을 찔리고 말았다. 하나의 가족이 다시 재생하려는 지금, 나도 그것을 축복해야 한다는 생각은 하고 있었다. 하지만 도와코 씨가 이대로 이치노세의 집에서 살게 된다면 우리와의 이별도 머지않아 찾아올 것이다. 게다가 다마에 씨는 다시 쓰쿠모 서점을 맡을 수도 있다고 이야기했지만 그때 다시 채용되지 못한다면 나는 실직자 신세로 돌아가야 한다. 그래도 상관없다고 허세를 부리기에는 아직 마음의 준비가 되지 않은 상태였다.

나는 도와코 씨와 몇 초 동안 마주 보았다. 먼저 눈길을 피한 것은 그녀였다.

"생각했던 것보다 훨씬 편안했어. 딸아이는 귀엽고, 그 사람도 잘해주고. 게다가 난 집안일이 싫지 않거든."

"그러면 재결합하는 쪽으로 마음이 기운 건가요?"

"뭐, 그렇게 결론을 재촉하지 마."

도와코 씨는 사나운 소를 피하는 투우사처럼 침착했다.

"지금 점점 그런 분위기로 흘러가는 건 사실이야. 하지만 그렇게 되었을 때 잃어야만 하는 것들을 나는 지금까지 소중히 여겨왔거든. 그래서 일단 이렇게 돌아왔어. 제대로 비교해볼 시간이 필요할 것 같아서."

나는 갑자기 도와코 씨를 비난하고 싶어졌다. 비교해보겠다고 말은 하지만 막상 선택의 시간이 오면 쓰쿠모 서점과 바 태스크를 쉽게 포기해버릴 것 같은 그녀를 보며 일말의 쓸쓸함을 느낀 탓인지도 모른다.

"이치노세 씨를 벌써 용서한 건가요? 불륜을 저지르고, 그것 때문에 따님하고도 헤어지게 되면서 도와코 씨가 상처받은 건 사실이잖아요."

도와코 씨는 쓴웃음을 지었다. 그녀의 표정에 담긴 마음이 나에게도 전해졌다. 매몰차게 말하는 내가 아직 어리다고 느낀 것이리라.

"난 그 사람을 지금까지 용서할 수 없었어. 이혼의 원인이 그 사람의 불륜이라고 생각했으니까."

그녀의 차분한 목소리를 듣는 것만으로도 그게 이미 과거의 이야기라는 것을 알 수 있었다.

"하지만 말이지, 이번에 같이 생활하다 보니까 생각이 났어. 우리도 처음에는 이런 식으로 잘 해나갔다는걸. 그때는 서로를 배려하면서 행복하게 살고 있었어. 그러다 언제부턴가 엇나가기만 하게 된 건 바쁘다는 핑계로 그 사람의 마음을 외면한 내 탓인지도 몰라……. 부부 사이의 불화에는 뚜렷한 원인이 있다기보단 다양한 요소가 합쳐진 결과일 테지만, 적어도 내 태도 역시 그중 하나였다는 걸 깨달은 거야."

이치노세는 딸에 대한 도와코 씨의 애정을 문제시했을 뿐, 남편을 대하는 태도를 비판한 적은 없었던 것 같다. 하지만 그 역시 한 사람의 인간이므로 아내가 자신을 쌀쌀맞게 대할 때마다 마음이 멀어지기도 했을 것이다.

"이혼의 원인은 그 사람의 불륜이었지만 따지고 보면 그게 마지막 방아쇠를 당긴 것뿐이고, 사실 그전부터 부부 관계는 파탄이 나고 있었어. 그걸 깨닫고 나니까 지금 중요한 건 과거의 잘잘못을 따지는 게 아니라는 생각이 들었거든."

그녀의 설명을 온전히 받아들인 건 아니었다. 하지만 이건 다른 사람이 끼어들 만한 문제가 아니었다. 도와코 씨가 어떻게 느끼는지가 가장 중요한 것이다.

"그러면 이치노세 씨의 잘못은 불문에 붙이기로 하고 이곳의 생활로 돌아온 거군요."

"맞아. 이건 우리 세 사람의 인생을 좌우하게 될 무척 중요한 결정이잖아. 고작 일주일 동안 같이 살아본 것만으로 결론을 낼 수는 없어. 그 사람도 그 점은 이해해줬고. 딸아이가 혼란스러워할 걸 생각하면 미안하긴 하지만 말이지."

도와코 씨는 짝 하고 손뼉을 치며 무거워지던 분위기를 바꾸었다.

"어쨌든 오늘부터 다시 일하게 됐으니까 잘 부탁해. 자, 일해야지, 일!"

과로로 쓰러지기 직전처럼 궁지에 몰린 기색은 이제 찾아볼 수 없었다. 나는 일단 그녀에게 '일'을 부과하길 잘했다고 생각했다. 아직 결론은 나지 않았지만 그녀는 미래를 향해 한 걸음 더 나아가려 하고 있었고 내가 그걸 도왔다는 게 기뻤다.

그렇게 해서 도와코 씨는 한동안 원래의 생활로 돌아왔다. 낮에는 서점의 계산대에 서고 밤에는 바의 카운터에 섰다. 또 과로로 쓰러지진 않을까 걱정이었지만 본인의 말에 따르면 밤마다 잠을 푹 자고 있다고 한다.

바 태스크의 단골손님인 미라이와 사토나카는 가게의 영업 재개를 매우 기뻐했다. 하지만 도와코 씨의 마음이 어느 쪽으로 기울지 계속 신경 쓰이는 건 나와 마찬가지인 듯했다. 바에서 우리와 보내는 시간이 즐겁다면 이치노세에게 가진 않을 거라는 이야기를 도와코 씨 몰래 한 적도 있었다. 하지만 실연의 위기에 직면한 사토나카가 어떻게 할 거냐고 물어도 도와코 씨는 생글거리는 얼굴로 "글쎄요"라며 얼버무릴 뿐이었다.

하지만 결국 그런 식의 소강상태는 오래가지 않았다.

도와코 씨가 돌아온 지 일주일 정도가 지나고 이제 다시 전남편과 딸에게 가봐야겠다는 말이 나왔던 어느 주말이었다.

쓰쿠모 서점에 한 여성이 찾아왔다. 키는 작고 나이는

도와코 씨보다 약간 어려 보였다. 긴장으로 딱딱하게 굳은 그녀의 얼굴을 보고 나는 올림픽에서 금메달을 딴 여자 유도 선수를 떠올렸다. 결승전 시합에 임할 때의 투쟁심이 그 여성에게서 발산되고 있었다.

여성은 계산대에 선 도와코 씨를 향해 성큼성큼 다가갔다. 아무리 봐도 책을 사러 온 손님 같지는 않았다.

"어서 오세요. 그런데…… 혹시 예전에 어디서 뵌 적이 있던가요?"

도와코 씨는 어리둥절해하면서도 무언가가 어렴풋이 생각난 듯했다. 여성은 계산대 카운터 위로 양손을 짚더니 도와코 씨 쪽으로 몸을 내밀었다.

"부탁할게요. 이치노세한테서 떨어져주세요."

도와코 씨의 눈빛이 경악으로 물들었다. 간신히 쥐어 짜낸 목소리는 뒤집혀 있었다.

"당신은 그때……."

그 여성이 고개를 끄덕였다. 그리고 심상치 않은 자기소개를 했다.

"당신에게서 이치노세를 빼앗았던 여자예요."

10

눈앞에서 다이너마이트의 도화선에 불이 붙은 것 같은 심정이었다.

놀랍게도 이 여성은 도와코 씨의 이혼에 직접적인 원인이 된 이치노세의 불륜 상대라고 한다. 그런 사람이 도와코 씨 앞에 나타나서 갑자기 떨어져달라는 부탁을 하고 있었다.

나는 너무 놀라 어찌할 바를 몰랐다. 도와코 씨와 그녀가 당장이라도 머리채를 잡고 싸울까 봐 조마조마하기까지 했다. 하지만 도와코 씨는 당당하게 대응했다.

"죄송하지만 지금 저희 가게가 영업 중이라 천천히 이야기를 들을 시간이 없습니다. 괜찮다면 오늘 밤 저희 가게 지하에 있는 바 태스크까지 와주시겠어요?"

의연한 태도로 그렇게 말했던 것이다.

상대 여성은 오히려 기세가 꺾인 모양새였다. 그녀는 잠시 입술을 앙다물더니 "9시쯤에 다시 올게요"라는 말만 남기고 가게를 나가버렸다. 도와코 씨는 그녀의 뒷모습을 지켜보다가 불쑥 중얼거렸다.

"오늘은 힘든 밤이 될 것 같네."

나는 과연 그날 밤 어떻게 했을까? 내가 꼭 태스크로 가야 할 의무가 있는 것은 아니었다. 굳이 가서 도와코 씨와 불륜 상대의 정면 대결을 지켜볼 이유도 없었고 도와코 씨 본인도 태스크로 와달라는 이야기를 하지 않았다.

하지만 그래도 나는 태스크로 갔다. 도와코 씨가 걱정됐다고 말하면 멋지게 들릴 테지만, 사실은 궁금해서였다. 불구경, 싸움 구경에 사람들이 몰려드는 심리와 똑같다고 할 수 있다. 하지만 그런 광경을 목격한 이상 신경을 끄기도 힘들지 않은가.

도와코 씨는 태스크의 영업 시간을 정확히 정해두지 않고 있었다. 서점을 닫고 저녁을 먹은 후 천천히 오픈 준비를 시작하는 것이다. 오늘 밤 내가 9시 전에 태스크 문을 열자 아무것도 모르는 두 단골손님이 이미 카운터석에 앉아 있었다. 이치노세의 불륜 상대가 올 예정이라는 것을 알리자 두 사람 모두 눈이 휘둥그레졌다.

그로부터 얼마 뒤에 문제의 여성이 태스크로 들어왔다. 오후에 봤을 때와 똑같이 베이지색 코트에 하얀 니트, 검은색 바지를 입고 있었다. 그녀는 가게에 들어오자마자 타탄체크 머플러를 풀었다.

빈자리가 마땅치 않았기에 그녀는 내 옆에 와서 앉았다.

왜 내가 또 여기 있느냐는 듯한 눈빛이었지만 나는 일부러 모른 척했다.

"뭘 마시겠어요?"

도와코 씨의 질문에 여성은 즉시 대답했다.

"필요 없어요."

"그럴 수는 없죠. 여기는 바인걸요. 여기까지 와주셨으니까 돈은 받지 않을게요."

"제가 돈이 궁할 거라고 생각하세요?"

잔뜩 예민해진 상태라 제대로 된 대화가 불가능할 것 같았다.

도와코 씨는 미소를 지으며 말했다. "죄송해요. 제가 실례되는 말을 했네요. 술을 싫어하세요?"

"그런 건……."

"그러면 한 잔 대접하게 해주세요. 그래야 제 마음이 편할 것 같거든요."

여성은 짧은 망설임 뒤에 술을 주문했다.

"그러면 하이볼로 주세요."

도와코 씨는 알겠다고 대답하더니 일본산 위스키와 탄산수, 레몬 조각으로 솜씨 좋게 하이볼을 만들었다.

그녀는 처음에 하이볼을 조심스레 홀짝거렸다. 하지만

이내 운동부 고등학생이 수분 보충을 하듯이 벌컥벌컥 들이켜는 것을 보고 우리는 깜짝 놀랐다.

그녀가 입가를 닦아내며 말했다. "저는 핫타 가오루코라고 해요. 아실지도 모르지만요."

"네, 기억하고 있어요." 도와코 씨가 말했다.

"역시 그러시군요. 그러면 그 사람과 저의 관계에 대해서는요?"

도와코 씨는 상대의 의도를 가늠하는 듯한 눈빛이었다.

"아무것도 듣지 못했는데요."

핫타는 다시 하이볼을 벌컥벌컥 마셨다.

"우리는 계속 사귀는 사이였어요. 당신과 이혼한 뒤로도 계속요."

도와코 씨가 순간적으로 눈을 내리깔았다.

"설마 지금도 사귀고 있는 건 아니겠죠. 언제까지 만났나요?"

"불과 두 달 전까지요. 일방적으로 차였어요."

핫타는 '불과'라는 두 글자를 유난히 강조했다.

이런 이야기는 도와코 씨도 예상하지 못한 듯했다. 무슨 말을 해야 할지 모른다는 게 그녀의 몸짓에서 전해졌다.

"……그 사람은 다른 재혼 상대를 찾을 생각이 없다고

이야기했어요. 저는 일이 너무 바쁘니까 연애할 틈이 없다는 뜻인 줄 알았죠. 하지만 그게 아니었네요."

"이치노세라는 사람이 숨긴 게 바로 이거였어." 미라이가 끼어들었다.

그러고 보니 그녀는 예전에 이치노세가 뭔가 숨기고 있는 것 같다고 말한 적이 있었다. 도와코 씨와의 재혼을 바라면서도 최근까지 다른 여자와, 그것도 이혼을 부른 불륜 상대와 사귀었다는 것은 분명 보통 일이 아니었다. 미라이가 만약 그것을 꿰뚫어 본 거라면 역시 여성의 직감이 예리하다고밖에 할 말이 없었다.

"그런데 왜 최근에 와서 헤어진 거죠? 아까 차였다고 했잖아요." 도와코 씨는 다정한 태도로 말했다.

이 사람은 근본적으로 사람이 너무 착했다. 난처한 상황에 놓인 사람을 챙기느라 그 여파가 나에게까지 미치니 말이다.

핫타는 갑자기 울먹이며 말했다. "저는 그 사람과 결혼하고 싶었어요. 만나는 기간이 길어지면서 그 마음이 더 강해졌죠. 하지만 그 사람은 결혼에 난색을 표했는데……. 그러다 최근에 회사 일이 급격히 바빠졌으니까 지금은 만날 시간을 내기도 어렵다면서…… 헤어지자는 말을 하더군요."

"왜 그 사람은 당신과의 결혼을 내키지 않아 했을까요?"

술잔 표면을 흐르는 물방울처럼 핫타의 뺨에 눈물이 흘렀다.

"아무리 노력해도 나기가 저를 좋아해주지 않았거든요."

사귀는 동안 몇 번이고 함께 식사하고 이치노세의 집에 놀러 가기도 했다고 한다. 하지만 무슨 이유인지 나기는 핫타를 전혀 따르지 않았다.

"제가 엄마가 아니라는 생각 때문에 싫어하는 것 같지는 않아요. 저와 처음 만난 건 고작 두 살 때였으니까요. 제 행동이나 겉으로 드러나는 분위기, 아니면 화장품 냄새 같은 게 싫은 거라면 얼마든지 고칠 수 있겠지만 명확한 이유가 없다 보니 도저히…… 지금도 나기는 제게 잘 다가오지 않아요."

두 살 아이라도 자기 엄마 정도는 알아볼 수 있지 않을까? 하지만 나기에게 명확한 이유가 있다 해도 그걸 알기 전까진 핫타가 더 이상 할 수 있는 것이 없었다.

"그 사람의 일이 바빠졌을 때, 저는 아내로서 당신에게 힘이 되고 싶다고 다시 한번 말했어요. 하지만 그 사람은 오히려 저와의 이별을 선택했죠. 딸이 싫어하는 걸 강요하고 싶지 않다면서요."

그만큼 이치노세가 딸의 마음을 중요하게 생각하는 것일 수도 있었다. 하지만 나는 눈앞에서 연신 코를 푸는 여성을 보며 동정의 마음을 금할 수 없었다.

"저는 그 사람을 포기할 수 없었어요. 그래서 그 사람 집에 몰래 갔다가 당신이 드나든다는 걸 알게 됐죠."

그래서 이렇게 직접 담판을 지으러 온 것이다. 그 사람에게서 물러나주지 않겠느냐고 말이다.

"제가 떠난다고 그 사람이 당신에게 돌아간다는 보장은 없을 텐데요."

도와코 씨의 말은 지당했다. 이야기를 들어보면 이치노세가 핫타를 버린 것은 도와코 씨 탓이 아니었다.

고개를 숙인 핫타의 옆얼굴에서 비통함이 감돌았다.

"알아요. 하지만 당신과 재혼하는 순간 제가 끼어들 여지는 완전히 사라지게 돼요. 반대로 그 사람이 당신에게 버림받는다면 다시 제게 의지해올 가능성은 있겠죠."

"당신이 말한 대로 딸아이가 당신을 어려워했다면, 딸아이를 위해 헤어지겠다는 그 사람의 마음에 대해선 어떻게 생각하나요?"

"저와 함께 있는 것 때문에 나기가 힘들어한다면 정말

미안할 따름이에요. 하지만 저는 나기의 마음에 들기 위해서라면 뭐든지 할 수 있어요."

외고집을 부리는 것처럼 보이기도 했다. 하지만 핫타의 진지한 마음을 나 따위가 어찌 가늠할 수 있겠는가. 그녀도 자기를 싫어하는 아이와 굳이 함께 있고 싶지는 않을 것이다. 그러나 진심으로 이치노세를 사랑하기 때문에 이만큼 필사적인 거라고 말한다면 나는 믿을 수 있을 것 같다.

하지만 한편으로는 그것도 결국 어른의 이기심이 아닌가. 우리 어머니는 재혼이나 동거에 대한 이야기를 한 번도 꺼내지 않으셨지만, 만약 우리 집에 내가 어려워하는 남자가 있었다고 생각하면 상상만으로도 오싹해진다. 그러니 핫타의 열의가 아무리 강하다 해도 나기에게 그것을 강요해선 안 될 것이다.

어려운 문제였다. 이치노세 혼자서는 더 이상 가정을 지탱해나갈 수 없게 된 점이 사태를 더욱 복잡하게 만든 셈이다.

도와코 씨가 한숨을 쉬었다. 그녀의 한숨에서 곤혹스러움의 색이 묻어나오는 것처럼 보일 정도였다.

"미안하지만 당신의 말만 듣고 떠날 일은 없을 거예요. 그건 너무나도 무책임한 행동이니까요."

핫타는 더욱 크게 코를 훌쩍거렸다.

"하지만 저 역시 재혼을 받아들일지에 대해서는 아직 고민 중이에요. 딸아이에게, 혹은 그 사람과 나에게 가장 좋은 선택이 무엇인지 좀 더 생각할 시간이 필요해요."

짧지 않은 침묵이 이어졌다. 그 뒤에 핫타가 갑자기 자리에서 일어났다.

"돌아갈게요. 늦어지면 안 되거든요."

듣자 하니 핫타는 이치노세의 집에서 그리 멀지 않은 곳에 살고 있다고 한다. 구스다에서는 어떤 교통수단을 이용하든 한 시간이 족히 걸린다. 여기까지 오는 것만 해도 쉽지 않았을 것이다.

혹시 필요할지 모른다는 도와코 씨의 제안으로 두 사람은 연락처를 주고받았다. 핫타가 가게에서 나가자 도와코 씨가 중얼거렸다.

"저렇게 자기를 좋아하는 여자가 있는데도 나한테 돌아와달라고 부탁하다니."

깊은 의미가 담긴 말 같지는 않았다. 그녀의 고뇌는 그보다 더 깊은 곳에 배어 있었다.

"일이 더욱 꼬이는군. 도와코 씨, 어떡할 거지?" 사토나카가 물었다.

도와코 씨는 핫타가 남기고 간 빈 술잔을 치웠다.

"오늘 일은 그 사람과도 천천히 이야기해봐야겠어. 난 이제야 조금 알 것 같거든."

"알 것 같다니, 뭘⋯⋯."

"이 일에서 누가 무엇을 결단해야 하는지. 그러니까 다스쿠 씨."

내 이름이 나오자 허리를 꼿꼿이 폈다.

"말씀하세요."

도와코 씨는 생긋 웃었다. 그리고 그립게까지 느껴지는 말을 꺼냈다.

"당신에게 일을 부과할게."

11

그리고 다음 주 주말이었다.

"⋯⋯할 이야기가 뭔데요?"

나는 미심쩍어하는 핫타와 함께 한 공원에 와 있었다. 중앙에 위치한 커다란 분수가 상징인 넓은 공원이었다. 지역 주민들의 쉼터인 그곳은 늦은 오후가 되자 개를 데리고 산책하는 사람이나 뛰어노는 아이들로 활기를 띠고 있었다.

"잠시만 여기서 기다려주시겠어요? 무슨 이야기인지는 곧 알게 될 테니까요."

나는 핫타를 분수 근처에 있는 나무 벤치에 앉혔다. 그렇게 추운 날은 아니라서 다행이었다.

핫타에게 연락해 오늘 이 공원으로 데려오는 것. 도와코 씨가 이번에 부과한 일은 지극히 단순했다. 직접 불러내는 게 간편하지 않겠느냐고 말해보았지만, 그에 대한 도와코 씨의 설명은 다음과 같았다.

"다스쿠 씨도 그 자리에 있어줬으면 하거든."

그녀의 진의가 무엇인지는 알 수 없다. 나도 더 이상 캐묻지는 않았다.

핫타는 갑자기 연락해온 나를 경계할 수도 있었을 것이다. 하지만 그녀는 도와코 씨 일로 중요한 이야기가 있다는 말을 의심하지도 않고 내 부름에 순순히 응해주었다. 도와코 씨를 물러나게 하기 위해서라면 지푸라기라도 잡고 싶은 심정이었는지 모른다.

나도 핫타의 옆에 앉았다. 거북한 침묵이 흘렀지만 다행히 길게 이어지진 않았다.

"다스쿠 씨, 핫타 씨."

뒤에서 목소리가 들리자 우리는 일어나서 뒤를 돌았다.

도와코 씨가 서 있었다. 그리고 그 옆에 나란히 선 두 사람을 보고 핫타는 입가에 손을 갖다 댔다.

"슌…… 그리고 나기도……."

이치노세는 깜짝 놀란 표정으로 나기의 손을 잡고 있었다. 나기는 털뭉치 달린 겨울 모자를 쓰고 있었는데 어린 아이에게 잘 어울려서 귀여웠다.

이 공원이 이치노세의 집에서 그리 멀지 않다는 것을 핫타도 당연히 알고 있었을 것이다. 하지만 본인이 직접 나타날 거라고는 전혀 예상하지 못한 듯했다.

"가오루코가 어째서 여기에……."

한편 이치노세 역시 핫타를 보고 많이 놀란 모양이었다. 동요하는 그에게 도와코 씨가 정색하며 말했다.

"당신, 중요한 사실을 나한테 이야기하지 않았잖아. 얼마 전 핫타 씨 덕분에 알게 되었지만, 그게 아니었다면 아무것도 모른 채로 결정을 내릴 뻔했어. 그래서 오늘 모두가 모이는 자리를 만들어본 거야."

검연쩍어하는 이치노세와 달리 핫타는 금방 마음을 굳힌 모양새였다. 나기가 그런 어른들은 신기하다는 듯이 관찰하고 있었다.

"다스쿠 씨, 잠시만 이 아이를 봐주겠어?"

도와코 씨의 말에 나는 겨우 이해가 갔다. 내가 오늘 여기 오게 된 것은 나기를 맡아주기 위해서이기도 했나 보다. 쓰쿠모 서점에 임시 휴업 팻말을 붙이면서까지 나를 데려온 이유가 있었다.

"나기야, 이리 와. 오빠랑 놀자."

나는 양팔을 펼쳐 보였지만 나기는 오히려 이치노세의 다리에 매달릴 뿐이었다. 원체 낯가림이 심한 아이인 듯했다. 자주 만났던 핫타를 잘 따르지 않는 것도 그 때문일 수 있었다.

하지만 그렇다고 어른들이 이야기하는 자리에 다섯 살짜리 꼬마 애를 동석시킬 수는 없었다. 이치노세가 등을 떠밀자 나기는 내키지 않는 표정으로 천천히 다가왔다. 도와코 씨는 들고 있던 토트백을 나에게 건넸다.

"괜찮다면 이걸 읽어줘. 나기는 그림책을 좋아하거든."

가방을 열어보자 안에는 다섯 권의 그림책이 들어 있었다. 『안 자는 애 누구야』와 『배고픈 애벌레』처럼 나도 알 만큼 유명한 책들이었다.

엄마 아빠가 보이지 않으면 나기가 불안해할 테니까 근

처 분수의 가장자리에 앉아 있기로 했다. 그림책을 펼치자 나기는 바로 집중했다.

세 사람은 나기가 근처에 있다는 것을 의식하는 듯했지만 소리를 낮추어 이야기했기에 대화 내용은 들리지 않았다. 무슨 말부터 시작해야 좋을지 난감한 분위기라 대화가 오가는 횟수 자체가 적었다. 하지만 나기가 곧 꾸벅꾸벅 졸기 시작하더니 내 무릎을 베고 잠들자 간신히 제대로 된 대화가 시작되었다.

"핫타 씨가 있으면서 대체 왜 나한테 다시 시작하자고 한 거야?"

도와코 씨가 따지자 이치노세는 두 여자 사이에서 고개를 푹 숙였다.

"가오루코와는 이미 끝난 사이야."

"난 그렇게 생각 안 해."

핫타가 목소리를 높이자 도와코 씨가 온화하게 말렸다.

"끝내려 했던 거겠지. 왜 그랬던 거야?"

"……시간이 아무리 지나도 나기가 가오루코를 전혀 따르지 않았으니까. 나기를 가오루코에게 맡기는 건 나기에게도, 그리고 가오루코에게도 불행한 일이라고 생각했어. 서로에게 부담을 강요할 뿐이잖아."

"아니. 불행해지지 않을 거고, 부담이라고 생각해본 적도 없어."

그러나 핫타의 말은 왠지 모르게 피상적으로 들렸다.

이치노세가 한숨을 쉬며 말했다. "말은 그렇게 해도 너도 나기 때문에 많이 힘들어했잖아. 이럴 때 고집을 부리는 건 서로에게 좋지 않아."

"그치만……."

"설령 네가 괜찮다고 해도, 나기가 좋아하지 않는다면 난 내 이기심으로 딸과 애인을 힘들게 만드는 인간이 될 뿐이야. 그런 죄책감 속에서 살아간다면 내 마음도 편하지 못해. 결국 내게도 큰 부담이라고."

"그래서 좋아하지도 않으면서 나한테 재혼 이야기를 꺼낸 거야?" 도와코 씨의 목소리가 날카롭게 바뀌었다.

"좋아하지도 않다니, 그런 어린애 같은 소리를……."

"내 말이 틀렸어? 부부 관계를 끝낸 지 벌써 2년 이상 지났잖아."

"하지만 그동안에도 만나기는 했잖아."

"나기를 보러 갔을 때 말이지. 우리 두 사람을 위해서는 아니었어. 애초에 그때도 당신은 핫타 씨와 만나고 있었잖아. 나에겐 비밀로 하고."

"말을 꺼내기가 쉽지 않았어." 이치노세가 그렇게 변명했다.

나는 나기의 등을 슬며시 어루만졌다. 잠들어 있어서 정말 다행이었다. 부모들의 이런 대화를 다섯 살짜리 아이에게 들려주고 싶지는 않았다.

"이미 이혼한 사이니까 내가 누구와 만나든 당신에게 보고할 의무는 없잖아."

"그랬지. 하지만 다시 부부로 돌아간다면 이야기가 달라져. 애인을 버리고 전처에게 다시 시작하자는 말을 하다니, 이건 분명히 말하지만 정상이 아냐."

"그러면 어떻게 하는 게 좋겠어? 나기가 당신 말고는 아무도 따르지 않는데. 저 아이는 낯가림이 심해서 처음엔 어린이집에 보내는 것도 힘들었다고."

그런 고생을 자신에게 떠넘기지 않았느냐고 은연중에 비난하는 말투였다.

"아무리 노력해도 가오루코를 따르진 않고, 달리 부탁할 만한 사람도 없었어. 나기를 생각하면 엄마인 당신에게 머리를 숙일 수밖에 없었다고."

방금 전부터 나는 이치노세의 말에서 위화감을 느꼈는데, 그러면서도 그게 무엇인지 꼬집어 설명할 수 없었다.

그런데 이어지는 도와코 씨의 말이 그것을 정확히 드러내주었다.

"당신 마음은 어떤데?"

이치노세가 허를 찔린 것처럼 그대로 굳어버렸다.

"내 마음 따윈 지금 아무래도……."

"아무래도 상관없지 않아. 무척 중요한 일이잖아."

평소의 도와코 씨라면 남의 말을 가로막지 않았을 것이다. 격앙된 감정이 나에게까지 전해져오는 것 같았다.

"당신, 나와 결혼하고 이혼하는 동안 뭘 배운 거야? 누군가를 사랑하고 함께 있고 싶은 마음에 변화가 생겼으니까 나와 이혼한 거 아니었어?"

"그렇다고 해도 지금은 당신이 내 옆에 있어주길 바라고 있어. 우리 딸을 최우선으로 생각해보면 그게 베스트니까."

"나한테는 나기를 핑계로 제대로 결정해야 할 순간에서 도망치는 걸로밖에 보이지 않아."

그 말이 정확하다는 생각이 든다. 이치노세가 딸을 위한 일이라고 강조할수록 도와코 씨와의 재혼을 어쩔 수 없이 원하게 되었다는 말처럼 들렸다.

아니면 이치노세는 도와코 씨와의 생활을 원하지 않지만 딸을 위해 그럴 수밖에 없다고 진심으로 생각한 건지도 모른다. 하지만 나기에게 최선이라는 이유로 부부가 억지로 시작한 생활이 과연 제대로 유지될 수 있을까? 그런 의문이야말로 결혼에 대한 약간의 환상을 가진 내가 위화감을 느끼게 된 원인이었다.

이치노세는 뭐라 말하려다 입을 다물었다.

도와코 씨가 말을 이었다. "나기도 물론 중요해. 하지만 당신도 살아 있는 인간이고 나기의 생활은 당신의 생활이기도 하잖아. 그런데 어떻게 당신의 마음이 중요하지 않다는 말을 할 수 있어? 만약 정말로 당신이 나기를 위해 스스로를 희생할 수 있었다면 우리가 이혼하는 일도, 당신이 이렇게 재혼을 원하는 일도 없었을 거야."

나는 다시 나기의 등을 쓰다듬었다. 조금 추운지 몸을 둥글게 웅크리고 있었다. 도와코 씨는 그런 딸을 아주 잠시 바라본 뒤에 다시 한번 이치노세에게 물었다.

"당신은 누굴 좋아해? 누구와 함께 살고 싶어? 딸을 핑계로 숨지 말고 당신 마음을 제대로 마주하라고."

이치노세는 양옆에 있는 도와코 씨와 핫타를 번갈아 보았다. 그리고 머리로 생각하는 대신 기침이나 하품이 자연스레 흘러나오듯이 하나의 대답을 중얼거렸다.

"나는, 가오루코가 좋아."

"슌!"

핫타가 이치노세의 손을 잡았다. 그녀의 눈에 순식간에 눈물이 고였다.

도와코 씨는 미소를 지었다. "그러면 정해졌네."

그녀의 옆얼굴이 조금 쓸쓸해 보인 것은 내 기분 탓이었을까.

이치노세는 당황한 듯 말했다. "정해지다니……."

"가오루코 씨를 아내로 받아들이는 것. 아무리 많은 시간이 걸리더라도 나기에게 가족으로 인정받도록 노력하는 것. 그 외에 다른 방법이라도 있어?"

이치노세뿐만 아니라 핫타도 불안해하는 표정이었다. 도와코 씨는 두 사람 앞에 서며 그들을 격려했다.

"괜찮아. 나기는 착하게 자랐으니까 분명 언젠가 이해해줄 거야. 부디 그 아이가 힘들어하지 않도록 최대한 많이 신경을 써줘. 그 아이가 불행해지기라도 하면 나도 가만히 있지 않을 테니까."

그리고 도와코 씨는 핫타를 향해 깊이 고개를 숙였다.

"딸을 잘 부탁드립니다."

핫타는 너무 놀라 어안이 벙벙해하면서도 확실히 대답했다. "네!"

그녀의 각오가 전해져오는 힘찬 대답이었다.

도와코 씨는 고개를 들더니 걸음을 돌려 내 쪽으로 다가왔다. 그리고 발소리에 눈을 뜬 나기 앞에 몸을 숙여 서로의 눈높이를 맞추었다.

"나기, 잘 들으렴."

나기가 눈을 비볐다.

"이런 말을 해도 이해할지 모르겠지만…… 나에게 이런 말을 할 자격이 없는 건지도 모르겠지만……." 그녀의 목소리는 떨리고 있었다. "힘들어지면 언제든 엄마한테 오렴. 난 영원히 네 엄마니까."

아무래도 도와코 씨는 이치노세와 핫타를 향해 으름장을 놓은 것 같다. 이 아이를 불행하게 만들지 말라고 말이다. 사실 도와코 씨의 마음속에도 갈등이 존재했다. 딸을 내버려둔 자신이 그런 말을 해도 되는 것인지에 대해서 말이다. 하지만 결국 말을 꺼냈다. 딸을 위해 반드시 이야기해야 한다고 생각했을 것이다.

제대로 알아들었는지는 모르겠지만, 나기는 엄마의 말에 고개를 끄덕거렸다. 도와코 씨는 다시 일어서며 내 쪽을 돌아보았다.

"가자, 다스쿠 씨."

"아, 네."

도와코 씨는 뒤도 돌아보지 않고 걸어가기 시작했다. 나는 그녀의 뒤를 쫓았다. 공원의 모래를 밟는 발소리가 주변에 울렸다.

정말 이게 최선이었던 걸까? 도와코 씨가 말한 것처럼 이치노세와 핫타의 마음도 물론 그 무엇보다 중요하다. 하지만 도와코 씨는 지금의 결단으로 인해 자신의 가족이 재생할 수 있는 마지막 기회를 놓쳐버리고 말았다.

하지만 나는 도와코 씨에게 아무 말도 해줄 수 없었다. 내가 걱정할 만한 일을 도와코 씨가 생각하지 못할 리 없으니까 말이다. 그녀도 오랜 시간에 걸쳐, 또 몸이 상할 정도로 고심한 끝에 오늘 간신히 하나의 결론을 내릴 수 있었다. 그런 그녀에게 나 따위가 할 수 있는 말은 아무것도 없었다.

그녀의 결단이 올바른 것인지는 지금 당장은 아무도 알 수 없다. 아니, 전 세계의 철학자들이 이야기한 것처럼 결단 자체에는 정답도 오답도 없으며 그 뒤의 행동을 통해 정답으로 만들어나가는 방법뿐이다. 그런 시도가 결국 성공했는지에 대한 답은 시간만이 알려줄 것이다. 우리는 그저 우리가 선택한 길을 열심히 정답으로 근접시킬 뿐이니 말이다. 하늘은 스스로 돕는 자를 돕는다.

"다스쿠 씨."

도와코 씨의 부름에 나는 걸음을 빠르게 하며 그녀 옆에 나란히 섰다.

"배고프지 않아? 중국 요리라도 먹으러 가고 싶어지네."

지금은 식사를 하기에 어중간한 시간이었고 나는 솔직히 공복을 거의 느끼지 못했지만 고개를 끄덕였다.

"그게 좋겠네요. 완전 배고파요."

"역 앞에 맛있어 보이는 중국집이 있는 걸 봤거든. 난 마파두부를 제일 좋아하는데……."

나는 즐겁게 이야기하는 그녀의 얼굴을 훔쳐보았다.

옆에서 보이는 얼굴이 아름다워서 나는 갑자기 살짝 울고 싶은 기분이 되었다.

……그리고 다시 도와코 씨의 원래 일상이 시작되었다.

12

"다시 취업 준비를 해보려고요."

바 태스크의 카운터에서 털어놓은 내 말에 사토나카와 미라이, 그리고 도와코 씨는 나란히 눈이 휘둥그레졌다.

이치노세와 담판을 짓고 온 날로부터 열흘 정도가 지나 도와코 씨의 부재 기간도 조용히 잊혀갈 무렵이었다. 오늘 밤 미라이는 평소처럼 예쁜 색의 칵테일을, 사토나카는 위스키를, 도와코 씨는 우유를 마시고 있었다. 그런 가운데 나 혼자 익숙지 않은 셰리 와인을 주문한 이유는 따로 있었다. 먼 옛날 일본의 초등학교 보건실에서 후자극제(의식을 잃은 사람의 코에 갖다 대서 정신을 차리게 하는 약품 – 옮긴이) 대용으로 셰리 와인이 상비되어 있었다는 지식을 어디선가 들었기 때문이었다. 나는 오늘 취업 준비를 시작해보겠다고 선언하기로 처음부터 마음먹고 있었다.

"우리 서점을 그만두게?"

도와코 씨의 질문에는 아직 불안감이나 섭섭함이 섞이지 않은 순수한 놀라움이 담겨 있었다.

"지금 당장 직장이 정해지진 않을 테니까 당분간은 계속 신세를 질 것 같지만요. 취직이 결정되면 아마 그만두게 되겠죠."

"갑자기 무슨 심경의 변화가 있었던 거야?"

나는 셰리 와인을 입에 머금었다. 그러자 혀 안쪽이 확

뜨거워졌다.

"도와코 씨가 거둬주신 덕분에 여기서 일을 하게 됐잖아요. 예전 직장에선 아무 쓸모도 없던 저를 혼자서 서점을 운영할 수 있는 서점 직원으로 키워주셔서……. 뭐, 가끔씩은 무모한 일을 시키기도 하셨지만요."

내가 웃자 도와코 씨도 따라 웃었다.

"그래도 여기가 정말 편해서 오랫동안 신세를 졌어요. 하지만 언제까지고 이대로 있을 수는 없다는 생각이 들기 시작했거든요."

도와코 씨는 딸 나기를 핫타에게 맡긴다는 결단을 내렸다. 어쩌면 그것이 나기에게 큰 시련을 안겨줄지도 모른다는 것을 알면서도 말이다. 자신이 낳은 다섯 살짜리 딸아이조차 강하게 키우는 그녀에게 어른인 내가 응석을 부릴 수는 없지 않은가.

"이번 달이면 예전 직장을 관둔 지 딱 1년이 됩니다. 1년 전만 해도 이 세상에 제가 할 수 있는 일이 없을 거라고만 생각했어요. 하지만 지금은 다시 한번 정도는 도전해도 괜찮을 것 같은 기분입니다. 물론 다음번에도 잘 안 될 수 있겠죠. 하지만 어쩌면 이런 저라도 잘 해나갈 수 있는 직장을 찾아낼 수 있을지 모르잖아요. 쓰쿠모 서점이 그랬던 것처럼요."

나는 그곳에 있는 모두의 따뜻한 눈빛에 격려를 받으며 스스로를 타이르듯 말을 이어나갔다.

"열심히 해보겠습니다. 제게 자신감을 되찾아준 도와코 씨와 쓰쿠모 서점을 위해서라도요."

"좋았어! 남자라면 그 정도 패기는 있어야지!"

사토나카가 잔을 높이 들었다. 얼음이 찰랑거리는 소리가 났다.

"응원할게. 뭐, 나도 알바생 신세지만."

미라이는 처음 만났을 때와 똑같이 요염했다.

그리고 도와코 씨는 내 두 눈을 들여다보며 미소 지었다.

"열심히 해. 다스쿠 씨라면 괜찮을 거야."

"네, 감사합니다."

얼굴이 뜨겁게 상기되는 것이 느껴졌다. 이렇게 사람들 앞에서 선언한 이상 확실히 실행에 옮겨야 한다. 그렇게 생각하니 앞으로 많이 바빠질 것 같았다.

"좋아, 그러면 오늘 밤은 다스쿠 군의 취직을 미리 축하해주자고! 도와코 씨, 한 잔 더!"

사토나카가 술잔을 내밀었다. 도와코 씨는 그것을 받아들며 전혀 예상치 못한 말을 꺼냈다.

"나도 오늘은 한잔할까?"

"어, 도와코 씨. 술을 못 마시는 거 아니었어요?"

나는 이 가게에서 그녀가 우유 외의 음료를 마시는 걸 본 적이 없다.

도와코 씨는 혀를 빼꼼 내밀며 말했다. "한 번 마시기 시작하면 멈출 수가 없거든. 잘못하면 가게가 망할 것 같아서 평소엔 자제하고 있어."

그녀는 자기가 마실 맥주를 따르고 나와 미라이에게도 새로운 술을 내주었다. 우리 네 사람은 각자 들고 있는 술잔을 맞댔다.

"그러면 다스쿠 씨의 앞날을 축복하며, 건배!"

그때부터 우리는 술이 떡이 될 때까지 마셨다. 도와코 씨의 주량, 아니, 주사는 엄청났고 나는 '일'을 지시받아 노래하거나 개인기를 하며 혹독한 밤을 보냈다. 난폭한 도와코 씨의 모습을 보고 사토나카는 오만 정이 다 떨어져나간 얼굴을 하고 있었고, 미라이는 좋은 결혼 상대를 소개하라고 나를 다그치며 엉엉 울었다. 그래도 엄청나게 즐거운 밤이었고 나는 이런 시간이 계속 이어지면 좋겠다고 생각했다.

다음 날에는 과음한 것을 후회하며 쓰쿠모 서점에 출근

했지만, 놀랍게도 도와코 씨는 아무렇지 않은 얼굴로 새로 도착한 책을 옮기고 있었다.

13

그리고 나는 바 태스크에서 선언한 대로 지금 직장을 구하고 있다.

회사를 그만둔 뒤로 오랜만에 정장을 입은 아침이었다. 어머니가 내 모습을 보고 말씀하셨다.

"무슨 일이니? 그렇게 멋을 다 부리고."

나는 괜히 쑥스러워서 다시 취직 준비를 시작했다는 사실을 지금까지 숨겨오고 있었다.

"이제 슬슬 직장을 구해야 할 것 같아서. 언제까지고 아르바이트만 할 수는 없잖아."

일부러 퉁명스럽게 말하자 어머니는 "그러니"라고 대답할 뿐이었다. 기뻐하거나 격려하는 것도 아니었고 머리 자르고 온다고 말할 때와 크게 다르지 않은 밋밋한 반응이었다. 나는 조금 맥이 빠지면서도 다들 이렇지 않나 생각하며 집을 나왔다. 구스다 역까지 걸어가서 번화가 방향으로 전철에 탔다. 그리고 문득 휴대폰을 들여다보았을 때였다.

한 통의 문자가 도착해 있었다. 보낸 사람은 어머니였다. 방금 전까지 얼굴을 맞대고 있었는데 무슨 일인가 싶어 의아해하며 문자를 확인해보았다. 문자에는 다음과 같이 적혀 있었다.

'좋은 소식이 들려오길 기대할게.'

나도 모르게 웃음이 나왔다. 그와 동시에 왈칵 눈물이 날 것 같았다. 기대해달라는 대답을 할 수 있을 만한 자신감은 없었기에 나는 끝내 답장을 하지 못했다. 하지만 내 어깨는 쫙 펴졌다. 덕분에 양복을 입은 모습이 더 당당하게 바뀌었고, 그것은 채용 시험이나 면접장에서 틀림없이 유리하게 작용할 것이다.

역시 나는 평생 어머니께 큰 소리는 못 낼 것 같다.

일. 살아가면서 많은 사람들이 피해갈 수 없는 것. 그리고 때로는 삶의 보람이 되어주기도 하는 것.

1년 전, 나는 일 때문에 망가지고 있었다. 그리고 일을 그만두고 나서야 알게 되었다. 스스로를 망가뜨리면서까지 해야 할 일은 절대 이 세상에 존재하지 않는다. 살아가기 위해 일을 하는 것이지 일을 위해 살아가는 것은 아니므로, 일은 분명 인생의 중요한 부분이지만 어디까지나 일부일 뿐 전부는 아니다.

하지만 잘 알면서도 깜빡할 때가 있는 법이다. 일이 인생의 거의 대부분을 차지할 때도 있다. 열심히 노력해야만 하는 날도 온다. 이 세상에 편한 일은 아마 없을 것이다. 무리해서 일하다가 힘들어졌더라도 그것은 본인이 어리석기 때문은 아니다. 누구나 그럴 수 있는 것이다.

나 역시 앞으로 또 스스로를 궁지로 몰게 될지도 모른다. 하지만 이제 그것 때문에 정신적으로 망가지진 않을 것이다. 쓰쿠모 서점에서 보낸 날들이 나를 지탱해줄 테니까 말이다. 내가 할 수 있는 일이 어딘가에 존재한다고 자신감을 갖고 말할 수 있으니까 말이다.

하늘은 스스로 돕는 자를 돕는다. 언젠가 바 태스크라는 이름의 유래와 관련해서 들었던 말이다. 나도 그렇게 될 거라 믿고 다른 누구보다도 소중한 나를 위해 열심히 노력해보고자 한다. 언젠가 내게 어울리는 일과 만날 수 있기를 기원하면서.

쓰쿠모 서점의 지하에는 비밀의 바가 있다. 그곳에서는 상상을 초월하는 기묘한 '일'이 인생의 어두운 구멍에 빠진 사람들을 기다리고 있다.

오늘 밤 그 바에 들어가 새로운 일을 받을 사람은…….

자, 좋아하는 책을 손에 들고 눈앞의 문을 열어보자. 주문한 술을 입에 대는 순간, 당신은 이미 구멍 속에서 스스로를 구해내기 위한 첫걸음을 떼고 있을 것이다.

쓰쿠모 서점의
책 리스트

- **1ST TASK** 『고백』

『태어나는 고민(生れ出づる悩み)』 아리시마 다케오
『산시로』 나쓰메 소세키
『선생님의 가방』 가와카미 히로미
『자조론(自助論)』 새뮤얼 스마일스

- **2ND TASK** 『사육』

『너는 펫』(전14권) 오가와 야요이
『만화판 셜록 홈스 전집 2 : 얼룩끈의 비밀』 고바야시 다쓰요시
『하얀 개와 춤을』 테리 케이

『반짝반짝 빛나는』 에쿠니 가오리

『미녀와 야수』 잔 마리 르프랭스 드 보몽

- 3RD TASK 『파국』

『위대한 개츠비』 F. 스콧 피츠제럴드

- 4TH TASK 『재생』

『행복론』 알랭

『재미있고 유용한 어린이 전기7 : 헬렌 켈러』 스나다 히로시

『안 자는 애 누구야(ねないこだれだ)』 세나 게이코

『배고픈 애벌레』 에릭 칼

---

* 이 책을 집필할 때 덴로인 서점 직원 이마무라 유미 씨의 이야
  기를 많이 참고했습니다. 깊이 감사드립니다.

쓰쿠모 서점 지하에는 비밀의 바가 있다

1판 1쇄 인쇄 2022년 2월 7일
1판 1쇄 발행 2022년 2월 18일

지은이 오카자키 다쿠마 **옮긴이** 김진환
펴낸이 김영곤 **펴낸곳** (주)북이십일 아르테

책임편집 원보람 **문학팀** 장현주 임정우 김연수
디자인 데시그 **일러스트** 반지수
해외기획실 최연순 이윤경
출판마케팅영업본부 본부장 민안기
출판영업팀 김수현 이광호 최명열
마케팅2팀 나은경 정유진 이다솔 김경은 박보미
제작팀 이영민 권경민

출판등록 2000년 5월 6일 제406-2003-061호
주소 (우 10881) 경기도 파주시 회동길 201(문발동)
대표전화 031-955-2100 **팩스** 031-955-2151

ISBN 978-89-509-9918-6 (03830)